台灣小野放

into the wild

李盈瑩 著

Preface

作者序

二十至三十，關於青春，
關於人生裡最充滿戲劇性與電影感的夢十年。

站在二十歲的初始，我從未想過要將十年譜成何種面貌，
驅使它長成如今果凍般定型的，
是一顆對於自然、土地、人情都熱切躍躍的好奇心，
如小狗般坦蕩真誠且無所畏懼，
於是以自己的人生作試探，
走向高山與海洋的曠野；
投身採訪，穿越一片片田野與世故；
放下一切溫暖舒適，到森林裡工作隱遁。
於是譜出了山、田、洋、森，
一條尋找真實、貼近理想、
一路跌撞卻也欣喜滿足的探索路。

我曾對都市的混亂感到困惑，
也曾對朝九晚五的辦公生活感覺無力，
倘若青春正盛，我們何不去叩問人生的可能性——
何處是天使熱愛的生活？從事勞心或者勞力工作？
都市或者鄉野？軌道上的受雇者，或者全然自主的生活？
享受文明的便利；或者直衝生活本質，抵達低物質需求的狀態？
來到十年的尾端，我並未獲得一個明明白白的答案，
但因曾經徹底地使用過青春，並在面對每件事的當下，
都無保留地花掉了全身力氣一回，
因此那些走過的，就都成了養分，層層疊疊，毫不浪費。

對我而言，登山、海邊流浪、在地採訪、森林隱居，
都既是生活也是旅途，
像是比較短的生活，短至一天，
像是比較長的旅途，長至三兩年。
於是將自己的十年旅途寫下來，
作為青春與理想的集散地，也獻給所有想望真實與自然的人們。

Contents

Chapter.1

青蔥歲月

那些年，如小學生般野性荒唐的青春紀行
——登山生活＆海洋流浪

Chapter.2

工作年代

找工作，找自己
——深入田野的採訪路／工作者的暑假式遊樂

Chapter.3

理想生活

果實・山羌・星星

——不遠行，不旅行，日日生活即是滿足

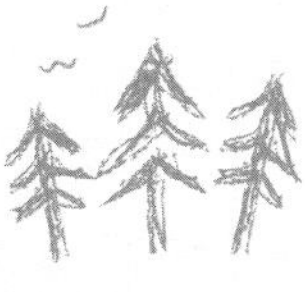

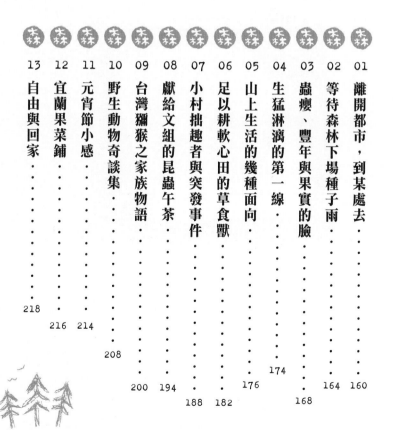

Chapter.1

青蔥歲月

那些年，如小學生般野性荒唐的青春紀行
—登山生活&海洋流浪

求學年代，總有一處課業以外的地方，
讓人心繫其中流連忘返，
它像酖毒、像信仰，像每個難以為外人道也、
卻時常在腦中百轉千迴的聖殿。

而二十幾歲的前後，讓我迷醉陷落的正是登山。
在家常平凡的日子裡，
地平線唐突冒起三千公尺的異次元，
我們在山上以不尋常的方式吃飯、喝水、睡覺，
在空曠的野地如廁、
在鬆動欲震的碎石坡與山谷的野獸低鳴間感受到生命的脆弱，
它們強勢占據了我對學生時期的記憶，
勾勒出散著光斑如詩的青春映像。

section.01

楔子：湖邊紮營的夢

考完大學聯考的暑假，那個應該是無憂無慮的夏天，身邊的同學卻都剛好散至各地，出國、打工、報名課程，而就是從那時候開始，我生平第一次嘗試自己去二輪戲院、去書店。獨自晃蕩的時刻有種特別的氣氛，好像少了個人幫你做見證，一切看到的、感受到的只有自己知道，如果被指稱從來沒發生過，大概也無從反駁。那是一份帶點迷幻與超現實的記憶。

我在法雅客書店蹲了一下午，因為高中時期喜歡何欣穗的歌，於是讀了她的自傳書，照片中總是哈根菸的她看起來是個叛逆的女生，蹺家、到西門町冰宮溜冰、國外留學時在湖邊紮

嘉明妹池

營。嗯，最後一項應該不算叛逆，但書裡那張露營的照片吸引了我，「年輕人在湖邊紮營」，這樣的意象好復古、好嬉皮。

高中銜接大學的那個暑假結束了，大學校園裡筆直的林蔭大道擺起了社團的招生攤位，我走向登山社、填下報名單，想完成在湖邊紮營的夢。

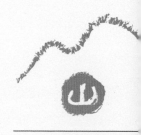

section.02

善意滿滿的口水絲

在都市的時候，因為居住、交通、吃飯、喝水、如廁，
一切是如此便捷與理所當然，
我常覺得所謂的爬山，
其實就是放大了食衣住行、吃喝拉撒睡等云云瑣事，
以更直接、赤裸、原始的方式來認真看待生活，
因為在爬山的過程中，
它們緊緊關乎生存，更是一整日的最難與最必須。

不知道大家第一次爬山露營的經驗是什麼，我的第一支中級山是苗栗加里山，一個森林裡有樹木參天、有陽光灑落的地方，但美景不是此行印象最深刻的，期間衝擊最大的反而是山上的生活方式。山屋裡，學長姊煮好薑茶，一只鋼杯大家輪流 run，「run」是爬山的術語，他們總說：「來，大家 run 一下吧！」或者「せ，你 run 過了嗎？」這樣的語句。雖說在寒

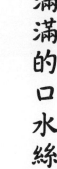

冷的山上，那是夜裡最溫暖又直截了當的心意，而初次爬山的人心裡不免ＯＳ：「啊，我真的要喝下大家的口水嗎？」但因為不願拒絕他人的好意，只好以嘴唇輕輕啜飲，努力讓這口熱騰騰卻五味雜陳的薑茶滑過喉嚨。

後來陸續爬了多年的山，我也入境隨俗了，一回邀請姊姊來陽明山大屯連峰會師，各線人馬在山頂匯集，慣例又煮了薑茶退去東北季風帶來的刺骨寒冷，回程時姊姊告訴我，遞鋼杯給她的上一人，嘴角到鋼杯之間還牽著一條如蜘蛛網般的口水細絲，當下她只好回說：「沒關係我不渴……」然後從此不敢再跟我們一起爬山了。

鋼杯牽絲

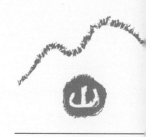

section.03

便便所引發之風波

到角落努力蹲

口水衝擊是其一，其二是「ek」，它是德文「角落」之意，亦可衍生為「上廁所」。爬山之前因為從未爬過山，對於山的勾勒就是小時候跟家人到森林度假村的印象——「小木屋裡一應俱全」，但實際的登山卻是深入山裡行走、生活，哪來的廁所呢？因此每到紮營地，嚮導便會起手規畫：「這是帳篷下釘的地方」「那是下風處，就當ek區吧！」於是每晚飯後，正當眾人酒足飯飽之際，總會有人低調消失一陣子，不一會便心滿意足地回到帳篷，個性大剌剌的人甚至會嚷嚷說：「呼，解脫了真好！」但由於自己臉皮薄，幾乎無法在野地放鬆進行這類事宜，一回爬長達九天的山，這方面一直沒消息，期間領隊已將此事列為紅色警戒，不但每日清早逼我吃綜合維他命，也在飯後空檔鼓吹我再去試試看，唉！真的很不好意思讓領隊大人為我的小事費心了。

狡詐的白霧

便便情緣

星火燎原的衛生紙

便事是每位登山者每天都必須面對的課題，自然也引發不少故事。比方某學弟無意間踩到某學妹的便便，後來他們就在一起了；又或者某學長曾在某個晴朗午後為了燒掉使用過的衛生紙，一時天乾物燥意外讓高山草原燒了起來，據說當時幾個人臨危不亂，第一時間拿起山刀圍著起火點砍出一條圓形防火巷，以避免烈火延燒，甚至連價值上萬元的風雨衣也在來不及思考之際拿去撲火了。另外，也曾聽說一位學姊在山上吃壞肚子，隔日清晨起了濃霧，她請大家先行出發，自己要蹲一下廁所，想不到正當她專心努力的時候，白霧剛好散去了，當時準備要出發的隊友就不小心望見她那穿著紅色嚮導服的顯眼背影。

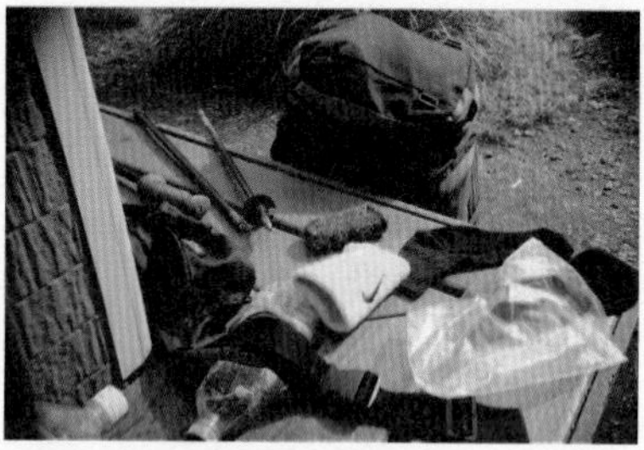

戒嚴時代下的紙荒

還有一回爬南二段，到嘉明湖避難小屋已是第九天，隔天就要開心回家去，但這天竟發生了前所未有的「紙荒」，即個人所攜帶的衛生紙紛紛告罄，這時若有人想大號，很可能就會發生極為窘迫的慘劇，後來領隊只好請每個隊員把身上現有的衛生紙集中，加以統計、謹慎發放，舉凡有人要抹嘴巴、擤鼻涕、擦眼淚，一律不可浪費衛生紙，僅在必要時才能限量索取。

雪山白木林

section.04

把家背著的人

爬山過程中，
偶爾我抬起頭來望見同伴的背影，
總覺得他們像一隻隻背著五顏六色甲殼的昆蟲，
襯著纖細的手、靈活的腳，
沿著大地邊緣緩緩前進，
這樣把家背著的他們，有些可愛。

花式睡法

我們是一群把客廳、廚房與臥室背在身上的人，靠雙腳挪動了一些距離，在傍晚時分找到適當的地方建築一日家園。

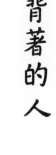

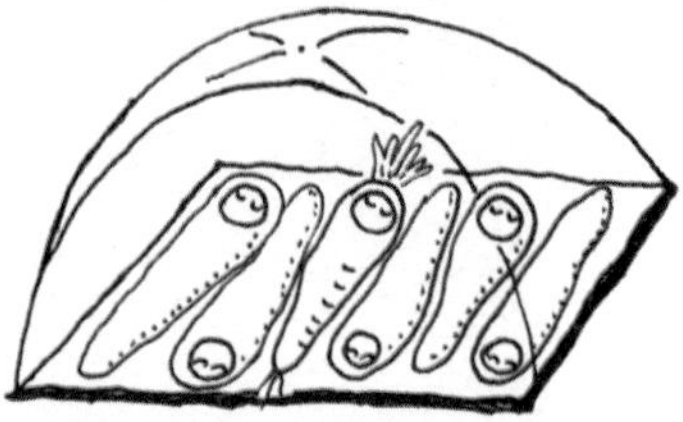

頭腳交錯法：由於男生肩膀較寬，呈現上寬下窄的倒三角形，此睡法可節省空間。

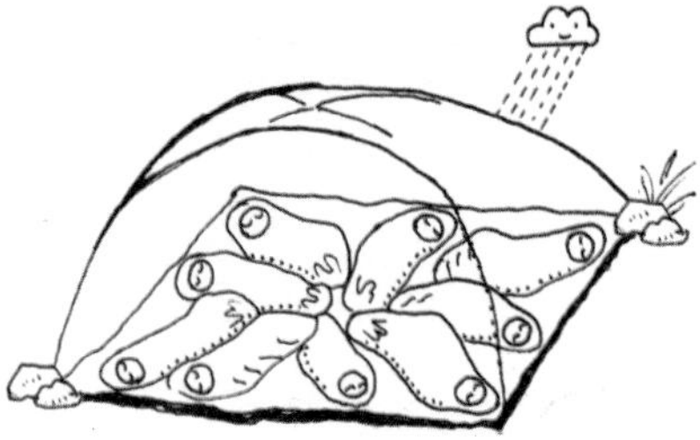

花形放射狀

但有時紮營的環境並非盡如人意，且對長天數的行程而言，氣候也非能事先預測的，這時就會衍生許多因應環境的睡覺方法，最常發生的危機處理即為「帳篷淹水」。

比方一行隊伍有十人，攜帶了六人帳與四人帳各一頂，原本紮營時雨勢普通，但經過連夜不歇的雨，較為低窪的四人帳便開始積水，熟睡之際，剛好睡在帳篷兩側的人會率先發現睡袋濕濕的，甚至感覺到雨水滲透帳篷而滴到臉上，不久後大雨就逐漸浸濡整頂帳篷，於是淹水帳的人就得遷移到六人帳來，但原本睡六個人的帳篷要如何塞下十個人呢？這時候就得採行「花形放射狀」之睡法；其他像四人帳若要擠六人，則可採「頭腳交錯法」，以達到最佳的空間利用與經濟效益；而若是六人帳卻有七個人，多攜帶一頂露宿袋也是方法，但通常那只如屍袋般以拉鍊整個密封住自己的袋子，因為壓迫感極高，大家多不願被發配邊疆，所以睡前就得設計驚險刺激的撲克牌遊戲來決定這名幸運的籤王。

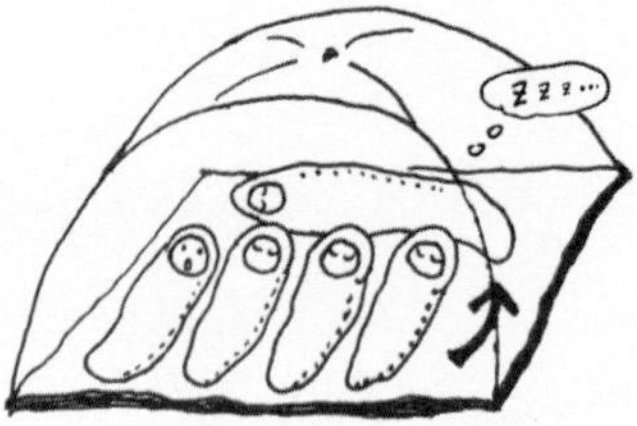

移過頭之橫睡

傾斜地睡法

上述談的是因氣候及人數產生帳篷擁擠的狀況，而關於營地的不平整也時常發生。比方帳篷下釘的位置，偏偏下方就有塊移也移不了的大石頭，運氣好的人正好睡在石塊上方，隔日就準備腰痠背痛了。有一回營地呈傾斜狀，我們選擇讓頭部睡在高處，以免顛倒過來導致腦充血，但這時也發生另一問題——身體會自動往下滑，所以睡眠時在無意識的狀態下身軀便會往上挪移，於是誇張的事就發

生了，當時睡在帳篷最右側的我，清晨時發現昨晚睡最左側的人竟橫躺在我的頭頂上方，原來睡夢間他上移過頭了，導致整個人變成橫著睡。

無床睡法

撇除掉各種高難度的花式睡法（它們至少是在有帳篷的前提下），有些探勘隊伍由於行程不定，甚至要在根本無營地的情況下緊急紮營。社上曾有一支走大小鬼湖的隊伍，某日的緊急紮營點是座陡峭傾斜的山坡，於是有人曲身坐著睡、有人睡在細窄的獸徑上，且因為擔心睡夢中若一翻身便會跌落山谷，還必須用普魯士繩將身體綁住樹根，夜裡他們聽見草叢間窸窸窣窣，忽然山羌一記響亮鳴叫將他們嚇醒，大概是動物在抗議回家的路被阻擋了。

大小鬼湖斜坡示意圖

山

section.05

關於叫不醒

面對瞌睡蟲之絕招

不管是炎熱夏季抑或寒冷冬季，在高海拔的山上，清晨溫度總是特別低，這時要從溫暖睡袋中爬出來就需仰賴相當的毅力。有些意志力薄弱的人便需要外力協助才得以順利起床，例如抓住睡袋尾端，將人從袋子裡「倒」出來，這時賴床者忽然接觸到冰冷的空氣，也很難再耍賴了；而若是傾斜的營地，也會有人使出殺手鐧，故意拉開帳篷門的拉鍊，由於睡袋與底鋪的鋁箔睡墊同屬滑溜材質，這時睡在中間的人就會無法自主緩緩滑出帳篷，正好負責煮早餐給同伴吃。

雙人從帳篷流出來

以手刀伺候的睡袋

不知道大家有沒有看過羽絨睡袋，蓬鬆溫暖且填充著鳥類羽絨的睡袋，在收納後竟然可壓縮到一只嬰兒枕頭般大小。家裡曾有一只棉睡袋，體積龐大，要收納時就像棉被一樣，經過摺疊後方可塞進袋子裡，但羽絨睡袋完全不是這麼回事，若要以摺疊的方式整理可能三天三夜都收不好。它的收納法如下：先抓住睡袋一角塞到袋子裡，然後以手刀姿勢旋轉塞入，這需要經驗累積與專注力，我就曾在爬山初期因為睡袋塞不好、而隊友都已整裝要出發了而心急地哭出來，但無論如何，這絕對是趕走睡意最好的晨間運動。

section.06

多滋味天然水

森林牌飲料吧

為了生存，登山者除了體會到住宿遮蔽的迫切，喝水與吃飯也是另項需要嚴肅看待的生存大事。上山前，我們會蒐集許多兩公升裝的寶特瓶，將它們壓扁、塞在背包裡作為取水後的容器，因為若爬六天的山，我們不可能直接背六天份的飲水在身上，所以事前規畫路線時便要標記好每日取水點。有的取水點要下切數百公尺至溪谷，有的則要越過山頭，有的位在遼闊的高山草坡上得悉心尋找。其中，需仰賴雨水生成的池子名為「看天池」，依顏色深淺有綠茶池、咖啡池、黑水塘等多元口味任君選擇，像這樣的死水得先用鋼杯杓取表面水，再以乾淨的頭巾悉心過濾、煮沸、冷卻，方能飲用。但爬山也不總是這麼苦，其中還是有像高山溪流這般清澈甘甜、無限暢飲的聖品。

限水難民的因應之道

然而，並非所有水源都會乖乖躺在那迎接我們的到來，有時費盡千辛抵達了，眼前卻是一潭因久日未雨而乾枯的水塘，或者循著地圖與行程紀錄怎樣也找不到傳說中的水源，這時就得面對「限水」所帶來的種種不便。實行限水時，晚上煮湯的水必須酌量，帳篷內供大家夜半口渴所喝的水也不能多；而關於白天行進中的限水，有人索性就舔取葉尖上的露水來喝，若是冬季爬山，則乾脆邊爬邊挖取路旁乾淨的雪來吃，宛如電影中因飛機失事而困居深山的雪地難民。當然，特意背煉乳罐頭或巧克力醬上山吃冰的情事也時有所聞。

關於水的匱乏，一回走雪山下雪劍也是遇到水源枯竭的狀況，那天提早在下午紮營，當大夥正開始準備晚餐要用的食材，此時帳篷外忽然滴答、滴答下起午後雷陣雨，大家先是面面相覷，接著便有默契地紛紛拿出鍋碗瓢盆到草地上接盛雨水，但畢竟這些容器的口都太小，蓄水效果不佳，同伴中有人異想天開，提議用帳篷外帳製造布料紋理的凹槽，讓雨水順著布槽流入下方盛接的鋼杯裡，此法雖然效率大增，卻在飲用時發現類似龍角散的奇怪味道（後來推測應為帳篷的霉味……）。然而在這場及時雨裡，我看著同伴們為了神聖的雨水在帳篷與草地間穿梭來去，竟噗嗤地覺得好笑，在平地我們可曾與一群人為了水如此奔波著急過？

section.07

三千公尺的聚餐

吃飯是山上最重要的民生大事，一天有早、中、晚、宵四餐，若爬九天即有三十六餐，因此事前規畫是萬不可省的。

各司其職的特異功能組

一支隊伍的結構包括領隊與嚮導，領隊負責全隊狀況，行進時走在後方壓隊，遇到天氣或人員狀況不佳，有決定撤退或繼續走的生殺大權；嚮導則是帶隊的人，行程讀得最熟，走在最前頭訓練自己的判斷力與方向感，到營地後也是指揮大夥迅速紮營、令炊事就緒的重要推手。其他還有糧官、交通官、公文、氣象官、醫藥等職務，各自負責開糧單、聯絡柴車、跑入山及入園證、查氣象、準備醫藥箱等工作，其中糧官位居要職，關乎大家在山上吃不吃得飽、吃得好不好。

賢妻良母或者餵豬式的糧官風格

擔當糧官者風格各異，大抵可分為兩種極端：費工與簡約，前者通常手藝好，期許在山上也能吃得精采營養，晚餐有豐富的合菜、宵夜有糖葫蘆，有一回甚至在山屋裡和起麵粉、揉起麵疙瘩，頗具鄉村閒適；至於後者，通常不太擅長料理，對於飲食也非講究之人，此時糧單上就會出現「拉泡拉泡」的無盡循環，即拉麵、泡麵、拉麵……但好處是糧食背起來較輕，煮起來也相當迅速。

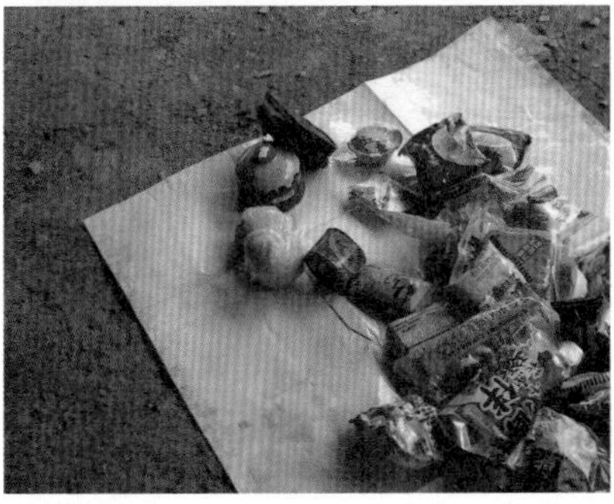

糧單若開得不慎，偶有令人反胃的慘劇上演，比方限水的隊伍又遇上前晚吃咖哩飯，那一只只乏水清理的鋼杯經過一夜靜躺，隔日清晨還要拿來煮奶茶、煮熱水，這時就有風味獨具的咖哩奶茶、異國咖哩水可以嚐鮮了；又哪回某學長開了牛肉湯槓子頭，最終泡麵的油花包覆在浸泡軟爛的麵糰上，噁心程度堪稱滿點。至於午餐，屬於行進間的一餐，不如早、晚餐能在帳篷內以爐具慢慢烹煮粥、飯、麵，因此習慣吃餅乾，我們總是攤開地圖，各自將背包裡的可口奶酥、品客洋芋片、果凍、蘋果一一掏出，席地而坐開始野餐，而各式各樣的餅乾就屬牛油酥餅最乾，好幾回在高山烈日下，我們枯坐在草原上啃著難以下嚥的乾物，沾附在嘴角的碎屑默默訴說著無奈，如一幅幅關於苦行僧的寫照。

大食怪的逆襲 vs. 慷慨的倒楣者

大概是在山上吃得克難，每回下山後一群人常像飢民般到市區覓食，被選中的店家就像遭遇食怪突擊，這時牆上若高掛「白飯無限供應」，將會是老闆畢生最慷慨的錯誤，社上一支從鎮西堡下山的七人隊伍，就曾締造在某鐵板燒店吃了三十五碗白飯的輝煌紀錄。

除此之外，「體訓後」也是校園周邊飯館面臨危機的時刻。由於登山是一項關乎生命安全的活動，因此每回出隊前幾個月，隊員皆要做跑步與負重訓練，從六圈、八圈、一直加到十五圈操場；從十多公斤的寶特瓶水一直加到二十公斤，男生有時得訓練到三十公斤，我們像蠢蛋般背負整個大背包的水，在放學後選定校園內某棟嶄新的大樓，背著水爬上十層階梯、再坐電梯回到一樓，如此周而復始十餘次，一切只是為了上山，上山去。

舉步維艱地拾階而上，汗水一滴滴落在水泥階梯間；又一圈圈操場無止境的跑，跑到一旁棒球場上白幟的強光也點上了，在即將虛脫之際，我們前往飯館覓食，又臭又餓地大口扒飯，總惹來老闆娘頻頻巡查那只大飯鍋，頻頻將眼神投注在起身添飯次數最密集的同學身上，一回她終於按捺不住破口大罵：「我不做你們的生意總可以了吧！」

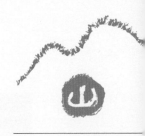

section.08

校園遊民的辛酸與光芒

爬山是一項刻苦的活動，但並不代表它很便宜。

登山背包早期很貴，一只可達八千～一萬元不等、登山鞋三～五千元，羽絨睡袋至少三千元起跳，其他還要添購排汗衣、指北針、登山杖等個人物品，這時候如何攢錢來爬山就得依憑個人本事了！爬山時我們除了準備每日的食材，也會另帶緊急糧以備不時之需，緊急糧通常是泡麵與營養口糧，在行程順利的情況下，這兩樣東西就會原封不動帶下山，然而很多人在山下不太吃這些東西，這時想省錢的人就會跳出來匯集它們了。一個朋友為了存錢買大背包，曾經整學期就在寢室例行一種類登山生活：早午餐是收集而來的營養口糧、晚餐用登山爐具烹煮山上剩下的泡麵，勤儉地吃著這些曾在背包裡塞擠過、經常碎裂成一段段的細碎麵條。

還有另則廣為流傳的故事。早期曾有人為了籌錢爬山，將原本要支付當學期的宿舍費省下，向人借用兩頂帳篷到友人的公寓頂樓紮了半年的營，一頂睡覺用，另一頂堆放書籍與日用品，盥洗則下樓借用，如此度過整整一學期。

這些聽起來有些荒誕的事蹟，對那時身為登山後輩的我們，卻像微微發光的指標，有著令人欽佩的執著與瘋狂。

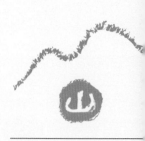

section.09

所能勾勒的立體圖——雪山

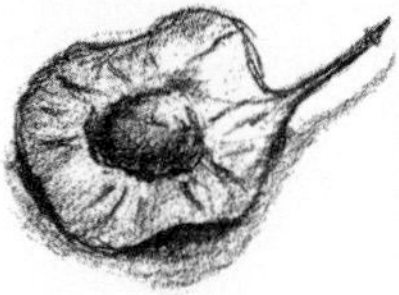

雪山是一條美麗且豐富的路線，許多還沒爬過山的人，
常會因玉山是台灣第一高峰想以此做初登，
但其實雪山也有更多值得經歷的理由。
她的海拔僅次於玉山，
地形上有冰河時期遺留的U型圈谷、
有宛如德國童話裡的黑森林，
還有聳立參天的白木林、陡直的哭坡，
如此超值的澎湃包，讓我前後共造訪了三次，
也因此能在腦海中勾勒出她的立體地貌。

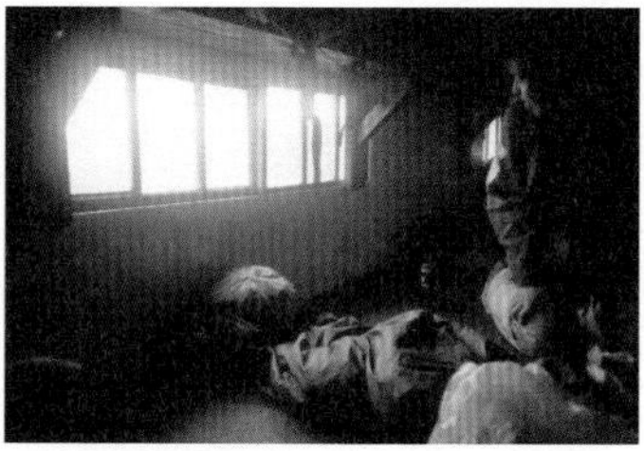

三六九山屋

山屋裡的個人套房

雪山是我的初登，因而衍發了一些無知的蠢事。

到三六九山莊的下午，當大家忙著卸背包、掏晚餐食材之際，我無意間發現在成排通鋪的山屋裡，竟有間隱蔽的獨立套房，欣喜之餘我便跑進裡頭、將門鎖好、安心更換掉身上汗濕的衣物，然後神清氣爽地走出來，領隊問我跑去哪，我則熱情向他分享秘密更衣房，結果他瞪大眼告訴我：「最好不要隨便進去那裡，那是發生山難時暫放逝者遺體的地方呀！」

艾迪墨菲的性感豐唇

此外，高山因為氣壓較低的緣故，手部水腫成小叮噹圓鼓鼓的樣子是常有之事，但我卻發生少見的高山唇水腫，原來我以為唇蜜與護唇膏是差不多的東西，所以在睡前擦了唇蜜想保濕，卻意外造成不透氣的密封效果，結果隔日清晨醒來嘴唇腫成艾迪墨菲，像在臉上掛了兩條鑫鑫腸。

天神俯瞰的高度

登雪山三回，第一回走雪東下翠池，第二回單純走雪主，第三回則走路線較困難的雪東下雪劍。走雪劍時那次因為隊友身體不適的關係，情急之下我們在雪山主峰上紮營，這在行程安排上是十分少見的狀況，因為一般挑選營地會以避風為考量，選擇兩山之間的鞍部或者背風面。於是，那夜睡在海拔三八八六公尺，整個晚上又是高山症又是失眠，當時感到一股困惑，野外山林應該是極其自由的，但為什麼每每被裝進睡袋裡，再放置於帳篷內，窒息感就會襲上胸前，埋藏在體內的幽室恐懼症便會從心底竄出，無法抑制地想要掙開帳篷奪門而出，這份感覺跟幻想自己會溺水有點像，越是害怕空氣稀薄，就越瀕臨窒息；越是被規定不能動，就越想掙脫。夜裡持續輾轉難眠，直到半夜雨停了，我爬出帳篷外，卻看到奇異的景象，我就站在將近四千公尺的制高點上，看著腳底下的蘭陽平原，平原上頭烏雲一片，閃著白色雷光，轟隆隆有一搭沒一搭地擊向地面，那樣的感覺很奇妙，好像我在整座城市之上、在雲端之上，似乎平地再怎麼下雨都與我無關，看著雨落到家家戶戶裡，我像張冷面的神的樣態。

我把它當作失眠所換得的禮物。

section.10

牛仔褲、旁分劉海及膠框眼鏡
——老爸的登山年代

翻開家中靜躺在櫥櫃裡的老相簿，一幅父親與朋友在雪山圈谷合影的照片，與我生平初登的高山有著近乎相同的鏡位，除此還有早期簡易搭建的三六九招待站，也是偶然的巧合。在父親的時代，登山沒有太好的裝備，他們有鋁架的帆布背包，沒有現在設計精良的背負系統；他們穿牛仔褲與格子襯衫，沒有所謂的排汗衣與 Pile 保暖層，更沒有 Gore-tex 風雨衣；他們就背著罐頭上山，好似也不覺重量是問題。那是戴著膠框眼鏡與瀏海旁分的樸拙年代，對於登山輕量化尚無概念的時代。

以父之名

父親念高中時，有位同學叫張良岳，張良岳的父親是當時台北山岳協會的成員，大概因為太愛山了，連兒子的姓名也藏了一座，後來與父親一起迷上爬山的朋友，也將他的兒子取單名一個「岳」。

雪山圈谷（1974 年）

雪山圈谷（2002 年）

三六九接待站（1974 年）

三六九山莊（2006 年）

究竟有多癡迷，癡迷到祖譜上都要以後代之名來揭示此生的最愛。因著同學張良岳的關係，父親與幾個朋友從高中到大學幾乎都在爬山，高中時期的他們總在假日清晨，大部分年輕人仍在睡夢中的時刻，相約在台北西站，搭乘當日首班公路局巴士前往台北盆地四周郊山——三峽鳶山、筆架二格、拔刀爾山、哈盆越嶺等，後來幾個人還創辦了板橋中學登山社。

因為過於投入，大學聯考他們七人之中有六人落榜，重考了一年，分布到不同系所與學校，但比起高中時期，那份熱情卻是有

大霸＆小霸尖山

鷺鷥潭

增無減，父親說上大學後真的是每個星期都去爬山，哪天沒出門，我的阿嬤還會問：「今仔日哪ㄟ嘸出去？」

早期的登山裝備

加入文大山社後，除了郊山，他們也開始爬台灣的高山，以及長天數徒步走北、中、南橫。父親的第一支高山是大霸尖山，那時僅添購了一雙登山鞋、兩雙毛襪，在連睡袋都沒有的情況下，於新竹轉車時與友人借了兩條軍用毛毯。當時他們購買登山用品竟也是在我們這個時代常去的那間老店，那間至今仍堆滿登山雜物、牆上總掛著泛黃的登山照片、連所在的台北車站周邊之邊陲地帶，都與當代不甚搭嘎，然而它正是此時彼時，兩代登山人的後備之地。

但其實大多數的東西他們不在登山用品店買，而是在軍用品店選購，因為便宜。西門町、艋舺一帶的舊

大霸尖山

貨市場，有軍人退伍後的二手軍用水壺、S腰帶、鋼杯，以及三角形的軍用帳，價位低廉又耐用。但一頂帳總是不夠用的，於是在高三畢業那年，他們用平日打橋牌，輸的就貢獻一、兩塊錢，如此集資而來的基金訂製一頂六人帳，自行設計草圖——哪裡要開一扇窗、哪一面帳布要掀起來作為炊事區，然後拿到帆布店請專人手工製作他們的未來基地。

至於煮飯，當時並沒有現代化便利的瓦斯瓶與輕巧精良的爐頭，在山上煮飯得製作火眉棒、撿樹枝，靠雙手自己生火，使用的鍋具則是一種俗稱叫「はんごう」[han gou]的登山飯鍋，高掛在營火堆上煮食。由於炊事不易，伙食就盡量從簡，最常吃的是稀飯混雜生力麵煮成大鍋菜式的麵飯組合，配菜則是紅燒鰻罐頭、鹹瓜子、肉鬆，有時父親會攜帶肉乾，事先將它們剪成一條條放在口袋裡充當行進糧，然後也會帶槓子頭，爬大霸時就是一口吃著乾到不行的槓子頭，一口配結冰雪來當午餐的。

土法煉鋼式的通訊

每回雪隧塞車，當我們改走那條九彎十八拐的北宜公路，車過坪林時父親總會再次提起那則年輕時的故事。在沒有手機的年代，聯絡方式仰賴的竟是過往經驗的總合，或者將眼睛閉上，讓第六感來回答你。同樣是父親登山的朋友，一回從金門退伍之日，當天就迫不及待跑到其中一位友人家，想不到朋友的母親家常地答說：「他們去露營了喔，但不知道這次去哪裡。」這位叔叔心想：「鐵定去坪林的碧湖露營了！」於是在黃昏之際獨自搭上公路局，在北宜公路坪林站下車，徒步六公里到了營地，抵達時天色已黑，他大喊父親的名字，果不其然他們的確在那兒露營。

事後回想，就連父親也訝異於，是什麼樣的信念能讓這個朋友如此篤定，如果抵達時漆黑的溪谷一個人也沒有，他該如何自處、如何面對那般巨大的失落感。這事聽起來總是有些荒謬，但想想在沒有手機與網路的七〇年代，那股「想見朋友」的心意竟顯得如此純粹，而一切的方法又是這般土法煉鋼，得押上大半天的時光來賭注今日一通電話就能確認的答案。

一直都知道父親年輕時登山、露營故事精采，卻不知道是這般精采，像是一段比小說還要小說、比電影還要電影的青春盛年。

section.11

無所目標的午後紮營——能高安東軍

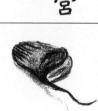

每個來爬山的人，目的不盡相同。有人喜歡參加單日小山，輕輕鬆鬆與朋友郊遊踏青；有人喜歡高山縱走的開闊和隔絕感；有人則因為容易高山症而偏愛兩千公尺以下的中級山；而想挑戰自我毅力與極限者就醉心於探勘路線。

揮霍時間的登山法

我很喜歡長天數隊伍所帶來的與世隔絕感，像是造訪另個世界。能高安東軍是我的第一支長天數高山，其實這隊伍原為「能安七彩」，我們打算走能高越嶺，然後單攻安東軍山，再從七彩湖出來，但殊不知行程走到第二天卡賀爾山時隊上已有人破功，於是領隊思索一番，認為：「既然九天的糧食都帶上來了，不如我們就用九天的時間來走

僅需六天行程的能高安東軍吧！」於是大夥拍手通過，種下日後墮落的因子。

許多社會隊伍因假期短，為了緊縮行程，「天未亮就出發、天黑才紮營」乃是家常便飯，而且為了累積百岳數，趕忙著去撿山頭也是普遍狀況。偏偏我們這隻隊伍的成員各個都淡泊名利且生平無大志，所以每當中午野餐過後，領隊總會低頭嘀咕說：「我們……紮營吧！」大家便歡欣鼓舞從背包掏出帳篷睡袋及晚餐，然後整個午後就像逛花園般散散步、看看風景、打打撲克牌，後來甚至連安東軍山都因為當天氣候不佳，以「就算上去也沒什麼展望吧！」為由而放棄單攻。

也許在積極者的眼裡，我們是一群相當頹廢的傢伙，不過這卻是我夢寐以求的快樂隊伍，加上能安這條路線像珍珠項鍊般串連了多座高山湖泊——白石池、萬里池、屯鹿池，且許多天都在湖邊露營，完成了當初來爬山的初衷。

我永遠記得在屯鹿池紮營的那晚，當我們從帳篷走出來，環繞池邊的四周稜線上佇立的一隻隻水鹿剪影，加上半夜那些到池邊喝水而誤踩帳篷線的水鹿們，還有一旁被撕爛的帳篷與深夜裡遠方山稜傳來的熊吼聲暗示著死亡的氣息，以及半夜那陣突如其來的強風將帳篷壓貼住臉龐……都在在成為青春時代最如夢似幻的記憶。

雖說時間充裕，但這段行程也不是沒有刻苦的部分，因為放棄了原先要從七彩湖出來的計畫，我們改溯萬大南溪出來，這是一條很少人走的路線，某日我們迷路了，因切錯方位而來到一處山谷，谷底一池小水，在山嵐煙霧升起之時，像極了誤闖的桃花源。

白石池

墜谷與人生的跑馬燈

隔日，在橫越碎石坡時我因重心不穩而跌落山谷。崩壁是登山路線常出現的地形，因生成時間有新有舊，這面崩壁於九二一地震後生成，算是年輕的崩壁，因此石頭堆疊得較鬆，一不小心就容易踩滑。當時我因失去重心先是滑落三、四公尺，想起身爬起時又再次向下滑了好幾公尺，望著下方深不見底的溪谷、一旁滾動墜落的石塊，身體不由自主地顫抖著，腦中閃過方才對話的跑馬燈，此時同伴在上方大喊，喚我千萬別再動，然後集結了大家身上的普魯士繩與傘帶，先將我的大背包吊上去，再慢慢把我拉回。同伴的機警與冷靜救了我一命，而這段瀕死經驗，當下我並沒有哭，卻是在拉上來的幾小時後，行進中走著走著眼淚才忽然撲簌簌直線滑落，恍神一般。

走過驚險的碎石坡後，下一闖關項目是萬大南溪，由於當時正值夏季豐水期，水面寬闊，部分河道也相當湍急，我們得一人挽住一人，互助著橫渡水面，以免被溪流帶走。當晚我們在這條大溪旁的巨型石塊上露營，夜晚溪流潺潺，星子滿天，心境也逐漸沉澱下來。

野人出沒注意！

隔日繼續溯溪，不久後終於來到異次元與人界的接縫——奧萬大森林遊樂區，我有極深的印象，當我們從莫名其妙的草叢像灰頭土臉的野人般一隻隻躍出時，一旁路過穿戴整齊的賞楓遊客那股驚訝的表情，尤其當我們若無其事掏出背包裡的寶特瓶、轉開廁所前的水龍頭，再大口大口喝下那暢快清涼的廁所牌泉水時，遊客鎖眉的神情又越發深刻了……

section.12

遺忘臉孔、貨幣與手機——南二段

南二段是畢業前最後一支高山縱走，即所謂的「畢登」。它集結了四年來跟你一同成長，一同從新生蛻變成老鳥的一群人，每個走到這個階段的人都很清楚，往後的人生裡，在兵役、工作、柴米油鹽結婚生子等瑣事的夾縫間，要再湊出這麼長而完整的時間一起爬山，是何等不容易，可能正因如此，這趟旅行在歡樂之餘，也多了幾分關於現實的惆悵。

觀高工作站

南二手札 2005.07.06~15

D1．**愛玉亭**

扛著如鐵重的背包，一早從新莊到台北、台北到台中、台中到水里、水里到東埔。在車上形同難民般狼狽，左手又是麵包又是登山鞋，右手攞好背包登山杖別忘了拿。

D2．**觀高工作站**

起床我們吃著那些，被壓得薄如紙的麵包。

D3．**白洋金礦山屋**

在中央金礦山屋前的小溪午餐，
河水清澈冰涼無限暢飲。
在烈日與溪流間，水漂一個個飄往對岸，
年輕還剩一些。

大水窟山屋

秀姑坪 玉山圓柏

D4．大水窟山屋

秀姑坪，玉山圓柏枯木遍地。

千百年前有場壯烈的爭戰，戰士淌著紅血一一倒下；千百年後白骨化成圓柏，紅血流成綠草，夜裡頭他們還要再復活。大水窟山屋如別墅般占地萬頃，我們拿白花花的午後放天高的風箏。

D5．塔芬谷山屋

這幾天形成一種生活模式：凌晨三點起床、五點出發；十點午餐、兩點紮營；四點晚餐、七點就寢，近乎與太陽相同的作息。誠如太陽沉潛的瞬間，眼睛也有個極大特寫，長長的睫毛以慢動作悄悄閉合。

D6．轆轆谷山屋

濃烈的陽光就要將我們融化在綠裡了，這天極熱，不得已找了一處陰涼的樹下午餐。於是S發現了小山羌的骸骨。幾年前的一個秋天，牠出生在高山的森林裡，母親還來不及教牠所有的技能，便先行離去了，牠度過幾個冷冽的冬夜，幾個燥熱的夏天，終於在一個春天的清晨，餓倒在登山者午餐的路邊，一顆大樹下，長長地睡去。

S把牠的脊椎骨一個個拼起來，頭骨、下顎骨、肋骨。彷彿完成的那一刻，小山羌就要復活了。我將牠的頭骨帶下山，想沿著牠的線條畫，這個牠一輩子也沒能見過的自己的線條。然後再將牠深埋土裡，繼續長睡。

D7．雲峰營地

這支隊伍我們並未攜帶帳篷上山，僅帶露宿用的緊急帳，因為這趟行程天天都有山屋可以睡，除了雲峰這一天。而偏偏，整趟行程竟也日日艷陽高照，除了雲峰這一天。事情往往是這樣碰巧。在雲峰營地我們撐起登山杖作為支柱，將緊急帳拉撐以作為露宿的屋頂，接著便以最天真的姿態在草地烹煮晚餐，忽然一陣濃霧飄至營地，雲層密合在上方，我們低頭再以更天真的姿態吃著晚餐，然而每打一聲雷，我們就如同古時的百姓抬頭望天空，無語問蒼天。

終於祂還是下了莊嚴的冷雨，成就了隔日清晨背包上的白霜。雖然這場雨是不被歡迎的，卻也伴隨一道豐美多彩的甜禮，我們望著彩虹冷得發抖。P問我們走到目前為止的感想，我說它整齊得過分，上山之前是連日的午後雷雨，下山之後是久未見的強颱，這之間充滿百分之九十九的好天氣，行程踩在每個節拍上，風景來得剛剛好，就連言談中的每個笑話都完滿精良。這一切順遂得太不真實，平凡又犯了賤。

D8·拉庫音溪山屋

今晨醒來，我徹底忘了自己的長相。

有一種典型的電影：成家立業的姊妹為了慶祝父親的生日，從都市返回家鄉，大夥忙著準備食材與會場布置，派對上熱鬧歡愉。但往往在最不經意的時刻，他們會因為小事潰堤，許許多多的往事與生活的壓抑就一一藏不住了。可能長天數的高山隊伍也有著這樣的本質，她在那個晚上獨自一人離開帳篷去散心，她說她沒辦法忘記他；她則不知道為什麼望著彩虹雲海撲簌簌掉淚；還有他簡直如淚彈歌手把每個人逼得水在眼眶中打轉。我們希冀赴一場純白的夏日盛宴，然而紅塵俗物卻也悄悄跟來了。

嘉明湖

D9．嘉明湖避難小屋

數億年前隕石撞落在山谷，數億年後雨水填滿成湖，我們踩著湖水嘆著她的詭譎。曾經有人被她的美麗迷惑，跳進湖中游泳，從此一去不回，順著湖底神秘的洞消失在地球，這附近每到午後的濃霧也讓多架失心的飛機墜落。

D10．向陽工作站

今晨踩著綠蔭的大道，文明的曙光乍現。

柴車沿著南橫公路前往台南，在車上我們聽著這十天來令人吃驚的廣播新聞，阿扁被逮捕了，林志玲從馬匹上摔下來，他們兩人在爭黨主席。

我們的確忘了貨幣與槍。

（註）嘉明湖：因美麗而落得殘破的高山湖，曾有人丟棄廢電池，使其水質含重金屬；又因為偶有遊客在此游泳導致失溫溺斃，加上鄰近三叉山每到午後總會起霧，一九四五年曾發生美軍軍機與台、日所組成的搜救隊伍相繼失事，使這一帶有許多山難傳聞。

午後起霧的向陽山

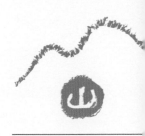

section.13

下山的違和感與恍如隔世

出發前與大夥一同採買打包的氣氛是蠢蠢欲動且喧囂熱鬧的；在山裡的時光因著密閉的島，我們彼此靠近地吃飯睡覺與說笑，甚至在最末一天踢著冗長的林道離開山裡，仍是夾雜著耳語。但總在坐上柴車的回程之路，山路迂迴，昏昏欲睡，各人像在各人的泡泡裡，循著那條下山的路像連接平地瑣事的臍帶，異域的夢醒了，此時成為整趟行程最為靜默的時刻。

違和感

我曾在大學時期，因為爬山的關係而對於現實狀況產生極大的違和感，每每在下山後，內心還懷藏一份封閉且難以用言語表達的記憶，可能在學校課堂中、在通勤搭車時、中午低頭吃飯時，我滿腦子仍想著那些荒唐的碎石坡，荒唐的離活著或者死亡好近，以及行進中佐以的艷陽和雨、由缺往滿的月亮。爬山是種種極端的總和，集結了所有的好與真實、痛與罰，

畢祿山

有時在生病的狀況下被困裹在帳篷與睡袋裡，往前是三天，往後也是三天，除了身體得撐下去，沒人能救你；有時指甲縫裡沾染了土垢，要用同一雙手上廁所，同一雙手煮飯吃麵切水果，我感到自己很髒，想迅速脫離這樣的髒；然後因為高山的日曬風吹、突如其來的冰雨、困乏的水、荊棘芒草，我們的臉與手開始乾裂，滿布受傷的軌跡。爬山這麼苦，但下回人家問你下個暑假要去爬山嗎？總還是興高采烈地點頭說要去，因為對那時候的自己而言，唯有經由爬山這條路徑，才能夠通往與人、與自然相處最好的極限。

如果說爬山是某種特殊感受的衝擊，而那時候太年輕太脆弱的自己還無以承擔，似乎也不為過。

南湖圈谷

恍如隔世

爬過長達十五天大小鬼湖的朋友說：「當你爬著爬著，十多天過去了，抬頭發現月亮也從上弦月走到了滿月，這樣的感覺有些奇妙。」山裡的時光像採行另種計算方式，延長而緩慢，十天十五天是種極端值，但其實光爬三天的山也足以掏空現實。二〇〇八年十月在苦悶的上班段落夾雜了一趟雪山行，手札中記錄了類似感觸：

下山後總會一群人浩浩蕩蕩地去夜市晚餐。但由於山路迂迴，平地與高山反差的關係，常常臉龐熱熱的，頭有點暈，雙腳因為爬山加上坐車太久，走起路來有點彆怪，每回在這樣的狀態下到人群裡找食，總會產生一股無法融進實際現況裡的錯置感，連日未

合歡西峰

洗的頭、乾異的手指，以及混雜著汗臭味的衣褲，流里流氣極了。

爬山是唯一能讓我在短短幾天便能產生「恍如隔世」感覺的事情，口頭上喊著，三天好快呀，三天真短，但上山前那些工作出差的紛雜人事、再早之前個人感情的糾葛卻都像是上輩子的瑣事，行路的過程裡我間或拾起、咀嚼，嚼爛了給充滿檜香的松果覆蓋過去，讓雲朵遮躺大地的時候一併帶走，然後說給遠方孕著的山巒稜線聽，聽說這些不太重要，每天記得一點瘋狂與包容，便能理一顆平頭，一個人往山裡走去。

抹起防曬油，所有的七月是童年，所有的十月是中年。

洋

section.14

小島生活一個月——蘭嶼手記

背著行李與家當，我們往高處去、去爬山，直到大三那年我選修了一門宗教系的課程，才開始慢慢接觸台灣的海洋，往陸地以外的世界探去。這堂課平時不用上課，僅須在暑假期間跟隨老師到蘭嶼作田調、修習民族文化課程，這座未知的小島令人雀躍，即將踏上的土地彷彿一切都是新奇的，在夏天真正來臨前，我已期待許久。

真正在島上住了近一個月後，有幾樣經歷是我生命中第一次深刻接觸的，包括海島國家、宗教信仰，以及小孩子。

島國手記 *2004.06.20~07.15*

出發

蘭嶼的飛機像玩具模型般迷你，僅能載二十人，飛行的時候有些輕柔、缺乏分量感，只要陣風超過一定級數，當天就停駛了。當地人有云：「曾發生過墜機事故的，都是沒有達悟族在機上。」這個傳說讓滿載著修課學生的小飛機上瀰漫著幾分忐忑不安的心情。

貝殼

初抵蘭嶼的頭幾天課程尚未開始，我們在居住的朗島部落閒晃，拜訪了一位阿公，他帶我們去參觀他的家，並展示他雕刻的拼板舟，阿公的手很巧，接下來阿公拿他賣的貝殼給我們看，這個大的三百，那個中的一百……我看到阿公眼裡把貝殼都換算成錢了，但在蘭嶼還能以什麼維生？好像也只能倚賴海。我的確沒有資格評斷他。

長老開講

這學期田野調查的主題是達悟族的宗教信仰，老師請來島上諸位長老，為我們口述蘭嶼的宗教傳說與日常信仰，過程裡有牧師將母語譯成漢文，讓同學們錄音、作筆記、整理成逐字稿。上課這兩週，每天中午部落婦女會一戶準備一道菜，蒸地瓜、飛魚乾、芋頭莖、地瓜葉、炒海螺……但有時她們之間沒溝通好，會不小心出現三盤飛魚或兩大鍋白飯這類情況，不過沒關係，我們總是吃得感激、吃得津津有味。晚上我們借住牧師的家，牧師與師母擁有一對眼睛美麗細長的雙胞胎男孩——恩慈與恩典，以及雙胞胎懂事又有禮的哥哥。

部落動物

狗很害怕，雞十分緊張，羊要自閉。

朗島吹笛人

端午這天我們到雙獅岩烤肉，行經部落的時候，沿路小朋友一個個加入，小狗也順著人群走，就這樣步行了兩小時。我們像童話故事的吹笛人一樣，吸引了全村的小孩與動物到海邊。

下午在起伏的海岩上釣魚，回程時順著海岩走，卻找不到切回馬路的途徑，我們打算越過下方有三公尺深的海蝕巨縫，蘭嶼小孩一個個跳過去，我與同學們也勉強跳過，兩隻小狗也跳了。這時回過頭才發現那隻腳受傷的小黃狗發出哭聲，在對岸發抖，正當我們猶豫著該怎麼辦時，同行有個腳也受傷的小男孩，二話不說爬到海蝕巨縫下，叫小黃跳下來，試圖接住牠。我開始明白蘭嶼小孩的善良與勇敢。

壞人

像滾雪球般沾附了整個部落的孩童去烤肉，直到傍晚才回家，我不禁好奇詢問一位蘭嶼女生。

我：你們這樣跟我們出來一整天都沒有跟爸媽講，他們不會擔心嗎？

玖生：不會呀～

我：不會擔心你們被壞人抓走嗎？

玖生：朗島又沒有壞人！（理所當然貌）

原來在他們的國度並沒有「壞人」這個字眼。後來跟部落大人聊天，他們似乎也同意小孩的說法——「這裡真的沒什麼壞人哪，島就這麼小，如果偷了東西馬上就會被警察抓到呀，不然要自己跳到海裡躲起來嗎？」蘭嶼青年如是說。

二年級女生

玖生，你說你有四個名字，一個你自己取的，一個外公取的，還有兩個蘭嶼名字。我特別喜歡叫你這個，雖然不知道它的意思，但它就是特別，跟你一樣。

今天朗島海邊特別熱鬧，當你在海面遠處呼喚我時，我是特地想在水面下與你相遇的，雖然有這麼一刻我以為水太混濁，接近不到你。

今天陽光灑在海底，我們都笑得很開心。

傳統文化還是資本主義

我：你長大要做什麼？

玖生：我長大想當醫生。

我：那你想跟你三個姊姊一樣到台灣念書嗎？

玖生：不想，因為太花錢了。

我困惑著新一代的原住民小孩到底該信仰什麼？可以相信什麼？保存傳統文化很重要，但是不能當飯吃，文化是整個民族的事，但吃飯是自己的事。自己的事重要還是民族的事重要？無怪乎蘭嶼的小孩總是欣羨著台灣，那塊充滿明星及霓虹燈的島，富裕的島。

宗教與彌撒

星期天早晨，我跟著蘭嶼島民前往教堂，參加了生平第一次彌撒。

座位在同學嘉茵旁邊，她十分虔誠，我宗教冷感，她教我翻到正確的頁數，我跟著她朗讀經文。但奇妙的是，唱聖歌讓我感到內心平靜，唸經文讓我感到寬容，達悟族的女長老用她充滿皺紋的手在我額頭畫十字聖號時，我更是感動想哭。沒想到自己竟是在異鄉受到感召。

從前我不明白，廣大群眾所相信的究竟為何。又沒有神，誰有見過神，那怎麼有人可以信得這般五體投地，大家相信的不過是一個虛的形象，一個誰都沒見過的幻覺。現在自己給宗教找了一個答案。

世上沒有行德完滿的人，所以我們假設有一個充滿包容、慈愛、公正且具智慧的人，祂叫耶穌，祂叫聖母，祂的名字叫作神。我們向祂學得一點包容、一點慈愛來對待周遭的人。所以不論是否有神的存在，宗教卻是扎扎實實在幫助人，就像女長老為我這個陌生人許下的祝福。

環遊世界

兩星期的課程結束後，我們舉辦了慶功宴，與所有曾來講課的達悟長老同桌喝酒吃飯，飯後長老也幫我們每人命名。「Si man li von」，我的蘭嶼名字，女長老告訴我這是「環遊世界」的意思，我驚訝於她猜對了我的夢想——到各個地方體驗不同的文化與生活，甚至懷疑蘭嶼老人是否有看透人心的能力。然而事後小朋友跟我說：「唔……哪是呀，那句話是『走來走去』的意思啦！」雖不減我對這個名字的喜愛，但也不得不承認女長老是否太過詩意了。

夏令營

課程第三週，我們舉辦了夏令營，就像許多大專院校會到偏遠地區舉辦的那種，或許在文明之地這樣的活動尚且適宜，但在蘭嶼，我對此感到懷疑，覺得那是一種強加。

每個族群都有他們的屬性，蘭嶼小孩的屬性是趨近大自然的，他們適合放在海裡、放在溪邊。而夏令營是個極人為的活動——人為的遊戲、人為的法則。我見到小朋友在活動裡有些勉強，何時該說話、何時該安靜、何時又該雀躍進取，而我也在勉強，因為我實在不願一直去逼他們。直到營隊結束後，在朗島海邊與小朋友的互動中，我才重新找回久違的自然相處，驚訝於只隔幾天，卻像相隔一世紀。

野銀

待在島上的最末週，我們被分派到蘭嶼的六個部落——朗島、野銀、東清、椰油、紅頭、漁人，為當地孩童上天主教道理班、陪他們寫作業。我被分配到後山的野銀，是蘭嶼地下屋保存最多的部落，純樸、整齊而寧靜。野銀的小朋友不像朗島那般熱情，不會那般不顧一切地吸過來，但我可以理解他們的內斂與防外，我們是見了面就預期著會分離的兩群人，我拿什麼要他們傾心，我不要你們傾，因為我也償不起。

第一天下午到海邊游泳，野銀的海美得叫我心碎，只要想到回都市後只剩充滿氯氣的游泳池，我就每天到野銀海邊報到。

待在野銀的最後一天，我們從氣象站爬山回來已是傍晚六點了，想著明天就要離開這裡，說什麼也得再游一趟，像是中了邪的人，不顧一切反對聲浪。在海邊遇到三年級的雅慧跟文萱，她們在岩石中敲打 sisi（一種貝類），我先一個人在海裡看魚、游了幾趟蛙式，再仰式看蘭嶼的天空。上岸後她們也回到岸邊了，我們一起喝飲料

聊天，雅慧說她怕台東機場的手扶梯、文萱說她比較怕箱型電梯，我說我怕再也遇不到這麼美麗的海。然後我說明天一早還要來晨泳，文萱問我：「什麼是晨泳？」我說：「就是在早上游泳。」她說她也會一起來。

離開

在機場等待的時間是混亂的，與長老合照、跟小朋友玩，還有自己走來走去，小朋友個個飆腳踏車過來送行，世恩還騎到爆胎。

十點五十分飛機即將起飛，我們趕緊背起行李走向小飛機，此時蘭嶼的天空忽然下起了雨、颳起了風，氣候與我們的心情一樣，飛機內外都在哭。

島國後記

回台北後，所深刻思念的還是土地上的人們、孩童的純真與笑臉，一日我陷在回憶深海，如洋底的片段閃光，驟然想起認識玟生的初始。

烈日灑在頭頂，海風知道在不遠處，迎面而來兩個捧著碗邊走邊吃的小女生，我彎下腰來問她們在吃什麼？「芋泥」，她講芋泥的時候，整個牙縫間也都是芋泥。

夜色覆蓋島國，島國的月亮比霓虹大島更亮了些，三三兩兩步行到巷口校長的家，聽說今晚要在這裡吃飯，想起下午經過時還被熱情邀請去吃檳榔以及喝米酒。老師說校長日前喪妻，此後他每天的行程就是坐在門前的涼台哭，不得已只能癡傻地哭。

席地找空位坐下來吃飯，整個部落的小孩也都來湊熱鬧了，連續幾年都來島國的學姊說：「她說今天下午你有跟她講話唷！」我還真想不起來下午有跟哪個小孩說過話，她躲在學姊的背後，怯怯地走了過來，只是看著我笑，沒打算要特別聊什麼，靦腆又好奇。

原來這就是認識玖生的初始，後來被許許多多人事所打散，那份光斑的初始。

島國未完成

初次的經歷總是可親，但倘若在一個地方待得夠久，似乎無法只看見表面的美好，許多令人困惑的、懷疑的、不解的，甚至無力憤怒的物事都會逐一湧現。

隔年與朋友再去了蘭嶼，白日以單車代步、夜晚借宿國小，為期兩週的夏季旅行，但此回我卻無法只見美麗的海與孩童的純真，期間總有一股沉重的無力感壓在心頭。

因著這裡的美麗，有越來越多的人努力擠出假期來這裡旅行。然而，這麼多的遊客、這麼多的相機鏡頭掃射來去，純樸的島上居民是否承受得起；那麼多快速接近又快速離去的人，每個人是否都懂得尊重生活在這塊土地上的老人小孩。

核廢料被放置在用電量最少的蘭嶼島上，貯存場的宣導短片信誓揚

言：「時代的進步是必然的。」所以因隨時代的進步，這座進行中的島嶼有著用來取代地下屋、一間間鋼筋外露的水泥屋，水泥屋裡總有台大電視機；然後除了雜貨店、農會、早餐與小吃店外，幾乎各部落都有間吸血的網咖，卻沒有戲院與書店讓小朋友增長見聞。如果時代的進步果真是必然，我不明白為什麼有人的青春要作為時代的陪葬。

一日在野銀的雜貨店門口，我們坐在塑膠椅上吃冰棒，麗蘭問我這裡是不是有點無聊，青春期的她說她多想離開蘭嶼。忘記祖靈轉而信仰ＳＨＥ，介於這之間有著巨大的困頓與無奈，海洋總象徵自由，但被海水團團包圍的小小島嶼，似乎也附加擁有與世隔絕的封閉性。

法國導演樓杭卡特曾拍過一部電影——《南方失樂園》，描述美國白人到海地度假所產生的種種情事，電影裡有位黑人的獨白令我印象深刻：「只是這回他們手無寸鐵地來，卻帶來比槍還要強悍的武器——美金。」或許除了快速消費、把垃圾放小島、毀滅傳統文化之外，我們需要的是一顆更為謙卑與尊重的心，去接觸這塊與我們在語言、信仰、生活習慣都迴然不同的土地民族。

section.15

菜籃腳踏車到遠方

在遙遠的十多年前，單車環島的風氣尚未興起，一次在登山社辦開完某支隊伍的行前會議，學長姊隨後便討論起夏天的單車環島計畫，當時腦中從來沒有過這樣的概念，關於腳踏車的意像，根深柢固是屬於居家，屬於尋常的家附近，用如此家常的工具來探索廣漠未知的大地，只覺得不可思議。但因為我常拒絕不了尚未經歷過的事物，所以在前輩的熱情邀約下，我與幾個也是大一的新生就加入了這場暑期冒險。

單車環島從來不是浪漫的，它非常刻苦、極其漂泊，充滿許多未知元素。一輛借來的可變速菜籃淑女車是我的鐵馬；外觀像郵差伯伯專門收放信件包裹的馬鞍袋，是我們掛在單車後座的百寶箱，換洗衣物、沐浴乳、洗衣粉、手電筒、薄毯等生活用品統統塞入其中；捲成筒狀橫向夾在單車後座的鋁箔睡墊，則是每晚的床；朋友把黃色水管圈繞在車頭上，戲稱是型男專用的性能車，而這條管子，就是我們夜夜在國小盥洗的要物。

若問我那次的環島好不好玩，我難以正面回答，因為就像登山一樣，初次的印象總會被那些關乎生活方式的衝擊所淹沒，令人記得的不外乎——每晚露宿不同國小的司令台、穿堂、教室；每回洗澡時總要推開那一扇扇在暑假期間無人造訪的校園廁所之門（無法抑制地幻想可能會有棄置的屍體在開門瞬間倒向自己），確認無其他人後，選定一間，然後藉由長長的水管把洗手台的水接到「浴室」裡盥洗；以及那段與砂石車爭道的蘇花公路、崎嶇蜿蜒的南迴公路，還有那條南台灣烈陽曝曬的枋山枋寮大路。

這麼苦，又這般狼狽，究竟是為了什麼呢？如果說文明是精緻的砂糖，登山與單車旅行就像啃甘蔗般呲牙裂嘴。在單車輪轉間，臉頰貼近的是地球些微的起伏，為真的很些微的小坡吃喘，容易被平凡到不能再平凡的下坡討好、感到人生輕快，好像唯有如此，我們才能穿越骯髒與天堂，朝自由邁向了幾步；才能捲起袖管，感受青筋生生爆在小麥色的手上；才能感受汗水淋漓，累累為生命付出之感；也才能在太陽底下大口喝水，讓身體真心地、虔誠地需要水，感到存有的真實。

洋

section.16

從海邊來從海邊離開——東部與綠島

相隔五年，我從學校畢業了，也在廣告公司工作了一年。夏天來臨時，青春的因子又開始鼓鼓躁動，順著轉職的念頭，我將工作辭掉，與還在學校念書的朋友展開第二次的東部環島。

東部手札 2006.07. 18~31

溺水

自從去年夏天在蘭嶼差點溺水後，對於水的恐懼無限延伸。

在鹿野吃過午餐後，開始下起因西南氣流

引進的大雨，騎經初鹿時其實應該要休息的，反正雨大不好騎、行程也不趕，我卻放縱自己繼續騎下去，真是一時愚昧的念頭。想不到抵達卑南前竟是一片荒涼，幾無遮蔽之處，在前不著村後不著店的路上遇到此行最狂暴的雨，雨水嗆進鼻息，我快不能好好吸氣吐氣了，害怕自己就要溺死在公路上。雨天好危險，想念晴天的乾燥舒適，還有那麼一刻我荒唐地幻想自己會在單車上淹死，在自己的恐懼中溺斃。

自由

露宿在外必須克服夜晚蟑螂爬過身體的恐懼，在某些情境下，必須試煉犯罪的勇氣，以及對於髒與熱的忍耐度，加上幾次在國小洗澡，漸漸能夠釋懷身體的暴露，這些微小的事情像從不同面向朝自由靠攏了一步。

 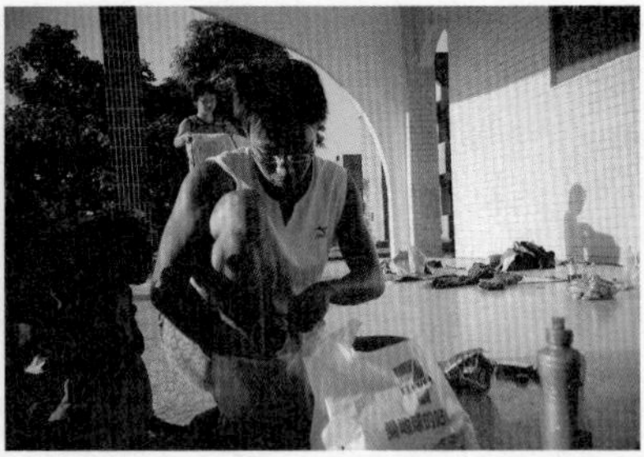

國小

在羅東那晚，我們爬牆進了國小，將行李、腳踏車以及自己，越過水泥牆，管理員發現時，帶點防衛帶點生氣地問我們怎麼進來，我們心虛回答「爬牆」，他即便眉頭皺得緊，最後他還是為我們提供了舒適的教室，廁所在那、熱水在這。只是，後來我就不能明白為什麼我們非得住國小不可，我們真的拿不出幾百元住旅館嗎？時而誤觸保全警鈴，時而察言觀色，時而狼狽不堪。可是當看到管理員伯伯皺著眉頭，也許冒著被炒魷魚的危險，為我們開教室，美其名得個謝謝伯伯，臨走前低聲交換伯伯人真好，我們簡直是假裝落魄（或者真的落魄）來換取他的同情心，實際上在剝削為難他。對於這點在那晚真的很困惑。

後來就沒有多想了，只是表現得堅定，向校方完完全全賣乖。一日清晨五點被陽光曬醒，蚊子多且難以入睡，於是騎上單車往綠島的東北邊去找太陽，在路上有點想通了為什麼我們不能住旅館的原因。

睡墊與薄毯是家，盥洗包與水管是浴室，衣服洗一套穿一套，然後腳踩踏板便能向前移動，哪裡都可以。每天要在意的是國小借不借得到、有沒有地方洗澡、衣服要晾在哪、行程要騎到哪，這些是一日的最難與最重要。也許在某些時刻有些不便，然而能夠回到這樣原始的生活方式真的很好，在星空與晚風間入睡，在橘黃色的陽光下甦醒，用自己的雙手洗衣服，用水管接洗手台沖冷水澡，直衝生活的本質。

流浪

十四天，兩個星期，半個月，二十四分之一年，人生裡有這麼一段時間在外，沒有很長，但感覺起來很長。

如果跟大自然很貼近地生活著，那每天的每個時刻一定都有最適合做的事情，比方說五點天亮了就不要再賴床，騎車去找太陽吃早餐，寫寫字、畫畫圖，一天中也只有此時思緒最澄澈了；然後下午兩、三點最適合去海邊游泳看魚，陽光會灑進海底，卻不讓人感到炙熱，四、五點海水漲潮浪變大，就不適合游泳了；晚上七點吃過飯後，到街上騎騎車散散步，然後躺在白色碎貝殼上看滿天的星星，不知道連續看幾天才會開始感到無聊。後來想到，用這樣的方式旅行，沒有住宿與交通費，如果再學會了抓魚，我就可以用很少的錢來度過一整年，這樣就不用去上班找工作了，每天的每個時刻也有最適合的事情來做，真是個完美的計畫呀！不過這個計畫很快地就被生理痛以及雨天打亂了，況且等到冬天到來，一切也都將不適用了吧。

無聊

不知從什麼時候開始，「無聊」逐漸成為旅行中的一部分，我們習慣了這份無聊，也認同這份無所事事。因為時間是那樣大把大把白花花地充裕，夏日遲遲，隨風擺盪的椰子樹睡意濃濃，因應著無聊便自然產生許多百無聊賴的遊

戲、不插電的娛樂。例如，臨時到柑仔店買的五子棋與撲克牌，成為夜晚在國小打好地鋪後的最佳良伴；有時下午就抵達了當天的住宿點，就在操場玩起鬼抓人、紅綠燈、老鷹抓小雞；還有一天在七星潭游完泳，竟玩起「數隻數隻輸的人要在嘴裡塞石頭」的愚蠢遊戲。

犯罪

不知為何每回與爬山的朋友同行時，常會做著接近犯罪邊緣的事，大概是因為從事著原始的旅行、原始的生活，太陽變得如此巨大，好像一切關於人的法規都可以被看輕。

車往蘇澳的途中經過武荖溪，陽光濃烈讓人好想跳進溪裡游，想不到遇上了節慶，售票口就大剌剌地駐在路中，我以為我們會黯然離去。經過柵欄時朋友開玩笑說可以從這裡過去，於是一個眼神一個默契，我們抓著泳鏡就從柵欄底部與草地間的縫隙鑽了過去，讓美好的下午得到了水的愉悅。我沒有絲毫罪惡感，因為溪流誰都能拿，而我沒拿慶典，所以沒付門票，我想這很公平。

綠島

如果綠島可能是誰的天堂，但它同時也座落罪惡的牢。真矛盾，笑聲與地獄同在。

海

口袋裡裝著泳鏡，走著走著遇到海，便穿著衣服跳進海中。成了單車旅行最佳的寫照。

有一隻寶藍色大魚從容游過我身邊，牠是我這趟旅行中見過最大的魚，臉上好像沒什麼表情，也不太在乎我跟在牠身邊游，但隨即迅速地鑽過海底的珊瑚礁消失在海底了。另外還有一種配色極差的魚，全身是螢光橘，搭配螢光綠色的長條塊狀，除此之外好像還有些亮黃色點綴著，牠是魚界的台妹，上帝的過失。還有拇指大的小丑魚會成群游過，以及看起來很薄的蝶魚。

柴口的珊瑚礁平台綿延好幾公尺，一個浪打來，人只能在浪裡載浮載沉，雙手雙腳任憑珊瑚礁刮刺，游一趟下來身上多了好幾個傷，我們在海裡多微不足道，多麼脆弱。當然海並不深，但只要十尺深就差不多是夠我怕的全世界了。

在荒蕪中揀拾

寄居蟹．鰻魚．海參．海葵．蝦蛄．螃蟹．紅色橘色的貝殼碎屑．藍色紫色的珊瑚。

夏季行程

7／18（二）家——瑞芳——瑞濱游泳【宿：瑞濱國小】
7／19（三）瑞芳——鼻頭角游泳——福隆——大溪【宿：大溪國小】
7／20（四）大溪——冬山河——羅東夜市【宿：北城國小】
7／21（五）羅東——武荖溪游泳——蘇澳——（火車）南澳——南澳游泳【宿：蓬萊國小】
7／22（六）南澳——（火車）花蓮市——七星潭游泳——新城【宿：北埔國小】
7／23（日）新城——壽豐&東華大學——鳳林【宿：鳳林國小】
7／24（一）鳳林——195縣道——太巴塱——光復【宿：光復國小】
7／25（二）光復——瑞穗——197縣道【宿：瑞美國小】
7／26（三）瑞穗——瑞穗牧場——舞鶴——玉里——富里——池上【宿：池上國中】
7／27（四）池上——關山——鹿野——初鹿——卑南【宿：南王國小】
7／28（五）卑南——富岡——綠島——柴口游泳【宿：綠島國小】
7／29（六）大白砂游泳——碼頭游泳——石朗游泳——綠島燈塔夕陽【宿：綠島國小】
7／30（日）閒晃【宿：公館國小】
7／31（一）綠島——富岡——台東市——（火車）家

洋

section.17

無人知曉的夏日小鎮——南澳

火車需要穿過山洞才能抵達的小鎮
寧靜座落的大山／綿延的田
秘密的海灣／港邊小吃亭
夕陽下佇立的鐵塔機器人
東部早餐店特有的粉煎蛋餅

或許沒有一處地方是真正無人知曉的，但因為自學生時代以來，直到剛畢業那幾年一去再去，南澳成為記憶中謹守的默契與秘密，像遙遠童年在家鄉巷子的玩耍一般，平實安心的所在。

Chapter.2

工作年代

找工作，找自己

——深入田野的採訪路／工作者的暑假式遊樂

畢業了，投身採訪之路，

走過一片片田野、土地、人情與世故。

但永遠記得的卻是工作初期的那份青澀與怯生，

講電話時的緊張顫抖、踏進受訪店家時的手足無措，

我們找工作也找自己，

像隻新生小獸般衝撞、懷疑、感覺困惑，

一路走來跌跌撞撞，瘀青或血流，

才逐漸長成如今些微茁壯的樣貌。

section.01

出航前二部曲：廣告公司與海邊的夢

一生的創意培養皿——廣告公司

學生時代過去了，那個可以在課堂之餘爬十天的山、在學校裡看無數電影的歲月已然結束，往後的日子大概無法再這麼任性自由了吧。

「該從事什麼行業」是初入社會遇到的第一個問題。當時我悉心評估，覺得自己對色彩有敏感度、對美的事物也有感受性與主張，於是決定以廣告設計作為我的首份職業。這份工作大部分的時間都在辦公室，我們發想點子、討論創意，我像張白紙也像塊海綿，看著前輩以靈活俐落的快速鍵駕駛MAC，設計出一張張繽紛活潑的稿子；也看著創意總監以水平思考的方式一連發想十多則點子的功力，很喜歡他們的活力與朝氣。

但那樣的日子多半坐在電腦前，我覺得充實，卻無法以此滿足。

每個星期二下班後，我從仁愛路的辦公母艦跳上單車、航過大安森林公園趕到師大上夜間部的現代詩課程，我覺得連綿的這塊土地，還有許多事物與人情是我想接觸的，我曾聽過一位美術前輩感嘆道：「廣告這行是虛業，縱使得獎了，明天接到新的案子，一切又得重新來過，成敗無常。然後終日在紅一點、綠一點，大一點、小一點的世界裡爭贏。」我知道他說的不全是事實，因為前輩也曾灌輸我，即便是一張賣場的促銷跳卡，也要像對待雜誌或報紙廣告一樣，不可輕忽。但我可以確定的是，那時候的自己還想到外面的世界看看，因此想嘗試接觸層面較廣的文字工作。

於是我的工作元年就在此畫下句號，然而前輩教給我的設計技巧與創意思考模式，或許因為轉行的關係不再直接受用，但它們都像跟隨我一輩子的禮物，內化成我的資產。

避世入世的岔路口——海邊的夢

初期找文字工作的過程並不順利，偶然在某本花蓮在地期刊上翻到一家座落在鹽寮海邊的漂流木工作室，我喜歡這位生態藝術家的理念，也懷念起山林與海洋，於是手寫長信告訴他我想當學徒的意願，不久後藝術家邀請我過去，說他讀信後十分感動。

去花蓮的兩天時值秋日輕颱，海浪與天空連成灰濛濛一片，有點孤絕、有一點蒼涼，我跟著藝術家到海邊辨認各種木材與氣味——松、杉、柏、檜，並拿起我幾乎無法駕馭的電鋸機，開始習作，夜晚則住在一座充滿檜香的漂流木之屋，思索著明天要給的答覆——是否留下來當學徒。伴著海浪襲襲一夜失眠，這份與自然為伍的夢幻工作，的確是我想要追求的方向，但真正接近時，我卻覺得太早了。那是藝術家打拚一生所抵達的理想與平衡，是因為他曾走過、經歷過，也曾激盪與衝撞過，但畢業方一年的自己，是否應該要更用力躍入那個可能有點複雜，卻真實萬分的社會呢？於是我離開了花蓮，暫不選擇隱居與創作的生活。

逃避與追求是一體兩面的東西，那時到花蓮去的自己，是追求理想還是逃避社會，也或許兩者都有。

section.02

寫作之路的初難

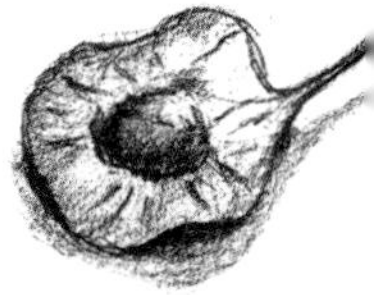

回台北繼續找工作。在那段待業時光裡，簡直要把身上一切能賣的都拿出來賣了，所有喜好與人生經歷一樣樣攤開，博取一個誰願意接見我，過程裡充滿等待與檢視，血腥地逼視自己。這或許是每個初入社會者必經的震盪，那個關於「我究竟適合什麼」的大哉問。

不久後如願以償踏入了出版社。那是一家規模不大、主要做旅遊書籍的公司，而因為公司小，每個職員橫跨的項目都相當多元。在此之前我幻想成為小島上的旅遊記者，被所有美好的事物大大地充滿；但正式上班以後，我幾乎是在焦頭爛額與挨罵聲中度過前幾個月，我很粗心大意，我不會話術，科技軟體學得比別人慢，不懂得拍出穩定安全的相片，更不是大眾溫柔的寫手，關於這些我還有好多要磨，我覺得眼前遇到了滿溢理想的公司，像看到了王子來不及為他變成好人，來不及為自己學會整個世界，又急又不上手。

一切比想像中困難，但三年時間過去了，我逐漸從初期的行銷企畫跳至編輯、編輯跳到採訪兼攝影，最後才跳到獨立接案，轉型的過程裡，眼前的路徑漸漸清晰，也慢慢看見自己喜好的方向，以及合適的工作方式。

section.03

出差是大人的專利

如小獸般衝撞又無知的童年——屏北出差

當時社內出了一系列針對台灣各縣市的旅遊指南書，我被分配到屏東，這塊於我最遙遠而夢幻的異地，便成為我參與製作的第一本書。出差前夕，找資料、訂火車票、租機車、查氣象、安排住宿事宜、聯絡店家採訪時間……一連串的雜項混著忐忑的心情，卻也感到十分興奮，因為這是我人生裡的第一次出差，那時候覺得「出差」兩個字聽起來好像大人，一個能獨立處理事情、帶 notebook 打字的大人，即便出發前我有一百件事尚未準備好、成為理想前我有一萬件事尚需努力學習，都難掩內心的雀躍。

隔日清晨，我搭乘火車前往屏東，一路上陽光和煦，日記裡寫著：「到南台灣去，坐火車是最適合的交通工具，大白天裡，窗外有台灣風景頻道可以看——桃竹苗、中彰、雲嘉南、大高屏，倘若艷陽太過刺眼，人們會把窗簾拉上，把風景頻道關掉，換看蘋果日報，報紙翻累了，則邊聽音樂邊翻腦海中的回憶箱子。」那是一幅沾染著躁動與喜悅，獨自啟程出發的工作印象，多年後仍感深刻。

到屏東後，我與大學時代一起爬山的朋友會合，他將陪伴我這幾日的出差。兩隻零經驗值的菜鳥，在真正抵達店家時，卻因為太過緊張而不知道要問對方什麼；遇到小吃攤，不輪轉的台語更顯得左支右絀。還有一回，我們去採訪家住林邊的同學伯父，在蓮霧園拍完照後，對方堅持要請我們吃飯，當時我從未站在第一線去參與這類隱含應酬意味的聚會，他們誇說林邊的觀光就靠兩位菁英了……然後一位高粱喝多的男人強迫大家聽他高談價值觀，在那只無所遁逃的大圓桌裡我像被釘在一角，覺得自己在體制內動彈不得，好想超脫禮教吃人的這一切，向體制外殺出一條血路，當時我甚至不知道酒杯是不能空的（因為隨時要回敬酒），同行的朋友常在一旁替我補滿飲料。

原來我並沒有因為「出差」而晉升為大人，我絲毫不懂得社會運作的方式，以及成人之間的默契，我只是對這份制式感到無力，甚至有些不明所以的憤怒。飯局結束後我們乘上機車前往下一站，朋友試圖要提醒我社會上的禮數規範，我卻在當時的日記裡寫道：「乘上機車後你還要向我說教、還要替我斟酒，恨意加上風飛，眼淚水平橫流。」詳實記載著當時極其幼稚又不懂得處理情緒的童年自我。

採訪的氣氛——恆春半島

在混亂的首航後，第二次出差便由總編、經理、負責攝影的前輩，帶著我展開長達八天的恆春半島出差行程。我在一旁見識他們如何與大飯店的公關打交道、如何跟小吃攤用近乎聊天的方式採訪，把想問的問題偷渡在輕鬆的談話之中，也看見前輩俐落地使用腳架與單眼相機。

這段完整的記憶如海市蜃樓，帶有恆春半島獨特的迷幻氣氛，這份迷幻來自於，洋洋越過中央山脈的東北季風，在二月的半島上颳起十分嚇人也有點惱人的落山風；當車子在旭海、牡丹間的彎曲山路繞著，台灣獼猴還會三三兩兩大剌剌地過馬路；以及當我們採訪墾丁時，能聽見這兒的人討論恆春的人情世故——賣爌肉飯的董娘與她的女兒、杜德偉的繼母所開的餐廳，或是誰家的綠豆蒜……也能在恆春古城內聽見人們談到墾丁過度開發的問題。就是在墾丁聊恆春，在恆春聊墾丁，偶爾參雜一些牡丹旭海或是西岸的狀況，而不管到哪大家共同話題就是這裡的落山風、古城小吃、春吶與暑假的旺季，還有棋盤腳、木麻黃、銀合歡、掌葉蘋婆、白水木這些熱暈暈的樹木，整個枋山以南鮮少談政治或者台北，隱隱自成一個體系。

section.04

逞強與夜晚的深山迷路

繼屏東之後，台中是指南系列的下一站，它是我出生的城市，充滿著七歲搬家以前若有似無的記憶。而這次出差我原想訓練自己獨立，卻發現當賦予自己的任務超過負荷時，是逞強，與獨立無關。

出差前老闆問我：「有辦法一個人跑台中嗎？」我點頭說可以，而其實在當時連125cc的機車駕照都還沒考，甚至也不會騎，方向感奇差無比，脫線、怕狗、患有被害妄想症。於是在異鄉出差的某個夜晚，前往霧峰朋友家的途中我徹底迷了路。

晚上十點我仍在邊陲地帶迷途遊走，地圖不中用，一旁的機車騎士不知是善類還是壞人，向附近店家問了路，終於抵達九二一教育園區，往山裡去就是小時候鄰居家了，行經古老的日式矮房，陰森、寧靜，路燈昏黃、霧氣漸起，地震的記憶還帶有死亡陣痛。再往深山騎去，謹記著鄰居阿姨的提示——「看到

雙黃線結束時，往小路轉進去」，此時半路上一盞路燈都沒有，微弱的車頭燈能見度僅有三公尺，雙黃線沒了，而我不知哪來的肯定，左轉騎上一尺寬的產業道路，雨絲加道路上的落葉，爬行三十度上坡，車道彎曲、濕滑，心裡默唸著：「不要怕，必須克服。」然後穩住機車龍頭硬騎往山頂，可真的太荒涼了，終於意識到不可能有人住在這，迴轉下山，此時左邊的煞車已經壓到最底，車子還是滑行在潮濕蜿蜒的小路上，且只要壓煞車，車燈也跟著暗，一度陷入完全的黑暗裡騎車，稍微不小心就會跌入山谷。最後是鄰居叔叔騎車來接我，在一片漆黑的馬路上，他大喊：「是盈瑩嗎？跟著我！」於是我邊潰堤邊緊跟著他，這輩子從沒這麼害怕過。

「獨立」是能力與勇氣齊足；「逞強」則是能力追不上飛奔的愚勇。這是台中出差課所學到的。

section.05

朋友的家，人們的生活

異地跑採訪的日子，有許多借住朋友家的機會，我始終覺得「住朋友家」是一件充滿新鮮感的事情，有點像體驗朋友的一日生活、當一日的他們。採訪台中的期間我借住了小時候鄰居的家裡，兒時的鄰居叫蹦子，當我們搬到台北後，他們一家人也搬到霧峰山區，而蹦子爸媽的老年生活，是我一直沒忘掉的另種生活原型。

農夫生活 *2007.09.10*

清早，他們七點或八點或九點起床，自然醒，起床後不知道忙著切什麼切得相當起勁，原來在準備每日清晨的六種水果，桂華阿姨讓我猜其中哪兩種是他們自己種的，答案是火龍果與芭蕉，芭蕉結果後生命就結束了，壽命一年，幾棵有砍過的痕跡，蹦子爸說兩個人吃不完，所以要將部分的樹砍半，讓它們分批成熟。一旁收音機播放著鄉村老

歌，連接著彎曲赤裸的銅線，桂華阿姨說蹦子他爸的東西都很醜，但很實用，他還會自己試驗對照蔥苗的生長環境，因為附近的農夫都會留一手，他索性自己作實驗了。

除了水果外，他們也種菜。原來市場買的空心菜，留下基部一小節扦插在土裡，也不需要悉心照料，不久後就有生長茂盛的空心菜可以吃了，什麼漲價不漲價，其實與他們沒有太大關係。而借住霧峰的當晚正好遇到了級數不小的地震，半夢半醒間我竟產生「因為這裡是九二一教育園區，所以才會遇上地震嗎？」這樣導果為因的詭異念頭，然而相當反常的，我照睡，十分安心地繼續熟睡，大概這裡是一層樓的山上平房，二樓頂多加蓋個小書房，絲毫沒有在台北遇到地震時的慌張。

有了土地就會有菜、有水果，大地源源不絕地給你食物；房子扎扎實實生在泥土上，地牛翻身就也只是個大自然的動作罷了，事後想想前晚在山裡迷路到底為什麼要哭呢，我不過是在夜晚到了山裡，明亮的房子離我不遠，只是尚未找到，黑暗不會吃人，只有我的恐懼會。

出差採訪時，我彷如是遊走空間的歌者，但偶爾我羨慕著那些時間的石人（註），能夠靜下心來感受時光點滴流過，寧靜望著兒女在遠方長成。

註：按《鄭愁予詩集》偈——「不再流浪了　我不願做空間的歌者　寧願是時間的石人」

section.06

寫了一本書之後——《台北小旅行》

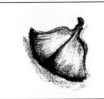

跌跌撞撞走過前兩本書後，公司交給我改版台北的指南書，我思索著，想跳脫指南的平板制式，又希望能讓書籍融入更多關於土地的情感，於是我琢磨出一種新的方式——介於工具書與遊記之間的小旅行，一面給予讀者資訊與交通上的便利，一面以散文式的筆調將每個區域的特色與氣氛帶出來。

這本書在二〇〇七年夏天出版後，出乎意料在市場上長銷許久，書店也將它放在相當醒目的位置，然後接續幾個年頭，市面上出現了很多以小旅行為書名的作品。在這樣一連串後續的效應裡，我其實感到些許恐懼，也帶點患得患失的心理，因為我知道它還有好多要改進的地方，我甚至到現在還不敢去翻閱這本書。

忘了是哪位影星曾說過，她從不敢看自己拍過的電影，我大概能理解那樣的心情幾分，關於出版、發行、被看見。我漸漸體會到，過往的事物是難以審視的，因為無論好壞它都或多或少有個結，那樣的結可能是一份無法表述的遺憾、可能是一份事情應該能更好的念頭。但也許，是非成敗只能交給市場去評判，唯一能萬分確定的是，自己在製作這本書的過程中，曾那麼確實且熱切地燃燒過。

我還記得在企畫通過的那個下午，回到座位仍止不住雀躍，嘴角微揚，欣喜著終於可以出一本真正想出的書，然後雙手無法克制地顫抖著，覺得有什麼正要起飛了。也記得每回踏進受訪店家前，我都要在門口徘徊好幾次，為自己做好心理建設，把錄音筆打開、相機設定好、記者證與名片放口袋，再清一清喉嚨「咳咳」的那份青澀與怯生，有時店家會笑你好年輕，還要一而再、再而三說怎麼會這麼年輕呀！剛畢業沒多久吧！你會拍照嗎？總之一次又一次，都像是拿肉身與外界做最直接猛烈的衝撞。

還有某日上午通往天母圓環的斜坡路上，接到家住天母的同事電話，叮嚀我巷子裡還有什麼好店鋪、在地期刊《天母合眾國》拿了沒；然後跑淡水與北投的那幾天，家住北投的學妹也不時傳簡訊告訴我淡水老街哪家阿給最道地，或提醒我記得訪問北投市場前以打擋機車作計程車來接送買菜婦人的在地阿伯們。彷彿當你真心想做好一件事的時候，全世界都會合力來幫你。

但有時因著自己的求好心切，加上截稿時間的催化，那顆在就寢時仍無法趨於平靜的腦袋、壓力、失眠等等問題都會隨之而來，那時候我常想起在躍入文字領域前，曾經有條通往花蓮海邊隱居創作的岔路口，一個寡慾、無求，十分寧靜淡泊的世界，我後來又是為了什麼原因選擇了這條緊湊喧囂的採訪之路？然而，即便辛苦，每當我穿越一個個教我事情、與我談話，所有過程裡微小又巨大的人，不斷浸濡、吸收、再一一吐納成文字，像張開手臂用力擁抱這塊土地與生活其上的人們，我便知道，因為意識到自己還太年輕，雙腳深深站在社會裡是必要的，倘若沒深入人世裡打滾過，老了又如何知道站在泥土裡的滋味是什麼？

section.07

用自己的時間刻度，緩慢進行
——SOHO生活感悟

在出版社的三年多，是我最緊繃卻也最有成就感的日子，出書、被看見、上廣播、被聽見，但各地跑採訪的過程中卻讓我覺得台灣這塊土地越來越小，小到快要沒有我沒去過的地方了，我並不炫耀自己去過很多地方；相反地，我內心有種恐慌，覺得自己可能正用一種相對粗暴的方式快速地知道他們，而為何從前與同伴騎單車流浪東部的時候，台灣這座島是越來越大，這之間的反差究竟在哪裡？於是我不想再用壓縮的方式進行採訪寫作了，我想轉型當自由工作者，自己接案。

《花東小旅行》是我第一本用自己的時間與方式進行的書，對於人情的體驗、土地的感受，自然更為深刻，後續幾個篇章都是採訪花東時的體悟。但在此之前，關於原先設想「全然自由」的SOHO生活，倒有些許心得。

雖然當SOHO族的時間並不長，況且也不是沒經歷過待業時光或學生時代的寒暑假，但有一些屬於這樣曖昧身分才有的感觸。白天家人都出去上班了，我獨自在家中為書籍寫企畫、找資料，一整天下來少了其他人跟你說話，屋子裡很安靜，一個人默默做著自己的事，幾個細碎的決定在心中打轉，自己跟自己討論，看書的時候自言自語，吃早餐的時候因為特別寧靜與緩慢的關係，顯得有些華麗。偶爾我會出去走走，一回獨自到家附近的湖泊步道，由於越走越深山，忽然覺得在週間白日出現的人都十分可疑，情侶都像偷情者，單人則像失業者，而我在他們眼裡不知又是什麼角色了。

由於生活與工作混在一起，平日是偷，假日成為不得不為之惡。平日，週間白天，此時此刻所有人正為生活打拚，努力工作上班，如果在這段時間我獲得了什麼悠閒，便覺得是偷來的；而假日正值大家理所當然放假玩樂之際，我卻必須在心頭挪出一塊小小的空間來放置罪惡感，時而興起「是不是該寫點稿子」這樣的念頭。我還記得從花東縱谷與海岸出差一個多月回來，面對堆積如山的文稿壓力，覺得自己得了不能專心的病，任何事情都足以令人分心，然後在熱天午後混雜著盛夏的熱度、濕度，一切只能獨自面對承受的心情。

原來壓力是不曾消逝的，它只是轉換個方式存在。而予以自由糖衣包裝的SOHO族，反而需要更強大的自制力，因為失去了社會的約束，要如何避免生活不荒廢掉便成為當前最重要的小事，主軸是什麼、想做的、必須做的是什麼，又該如何讓日子走得穩健踏實。

以前我常好奇地問身邊的同事朋友：「如果在金錢足夠的情況下，還會去上班嗎？」多數人的答案是肯定的，這令我感到驚訝不解。但在經歷SOHO時光後，我逐漸意識到「安定的力量」有多麼厚重強實，而公司與辦公室便是社會裡最顯而易見的穩定機器，因此人人都心甘情願安插在各種機器裡做事、過日子，偶爾忍耐、偶爾抱怨並發發牢騷、偶爾為了小事欣喜滿足，當然大家也為了賺錢討生活，但更多的人其實僅需要一半以下的金錢便能以簡樸之姿存活下來，卻因生活不能缺少安定軸，否則浮盪飄忽的不安感便要襲心。

當然我不是說人們不能離開公司，而是無論如何，生活總要有一條主軸來貫穿，否則就容易鬆散，往模糊的方向崩解掉。

section.08

中年者的百種面相

對於人的臉孔我常像烙印般記得，看電影時也喜愛以辨識影星為樂趣，對比人們常說的戀物癖，朋友常笑我有「戀人癖」。我常覺得人物是賦予一個場域生命力及獨特風格的重要元素，所以，雖然做的是旅遊書，我仍希望能拍攝到人與土地、四周環境的關係，也曾經為了「人物的特寫照片能在書中放多大」而與美編有所爭執，美編認為一般旅遊書重點不在人像照，雖然有道理，但我覺得這是可以打破的，因為每個出場的人物，不正是旅行裡

最無法預期的機遇風景嗎？那些飄忽而逝的表情，旅途中最神秘的片刻。

在花蓮市採訪的半個月，每日的工作就是騎著單車在市區逐一拜訪店家，密集且大量地與各行各業的人們談話，心靈總是飽滿扎實的。

花蓮市採訪 *2009.04.15*

外出採訪遇到的人多半是比我年紀大很多的人，四十歲、五十歲，與他們坐在同一張餐桌上面對面，逐漸進入到他們人生裡很核心的部分，有時候對方會陷入他們過去某段很少再向人提起的時期，我見到他們臉上一抹自己也驚訝或者懷念，或者哀傷欣喜的表情，我感到神秘，常常在此刻希望自己能更平等地與他們起坐，生命經驗的平等，而非知識或常識上的，比如我三十四歲，已婚。

太神秘了以致害怕遺忘這些，他們像曾經受過傷的小動物或曾經流血革命過的衰敗戰者，讓我不敢輕易挖開某個點。不願拍照到甚至隱姓埋名不斷搬遷地點的小吃店老闆、在七腳川溪畔深諳黑白兩道的女人、把自己客廳開放為咖啡館的寧靜女人、那個年輕時以三十取一進入東方廣告的攝影師、在黑瓦平房裡獨居的繪畫男人、還有洋溢憤青氣息的寧滬菜老闆，與他在雨夜騎單車經過溝仔尾旁的小石橋，像極了神隱少女的夜晚，甚至抵達的那家廟旁紅茶店竟從二樓垂立四條茶水鋼管到一樓，都在在令我炫目萬分。

對於臉孔與人本身的迷戀，常常讓自己模糊掉其他在工作上更應注意到的焦點，有時我甚至記得十天前火車對排男人的法令紋、不斷重複女人在我即將離席時的問句，還有那位講話音調像極姊姊小學同學的石雕家、睫毛長長的鄉紳他一閃而逝關於懷念過往的表情。這幾年我逐漸喜歡採訪店家而勝於大自然，因為那些滿布細節的人，總是會在睡前自由穿梭於腦海裡，總能讓我醉到失眠。

銅門太魯閣族，多用馬上

慕谷慕魚，部落唯一女獵人

阿里山鄒族，阿將的太太

巫雲的老五，做雲南菜與收集黑膠唱片

成功漁港，喊魚男子

都蘭部落，敲樹皮的老夫妻

成功漁港，老船長

阿美族巴奈，野菜老師

太麻里，鄭校長

瑞穗富源，七十歲開始畫圖的老人

赤柯山上的滿足人家

平溪蔡霖，作燈飾的老頑童

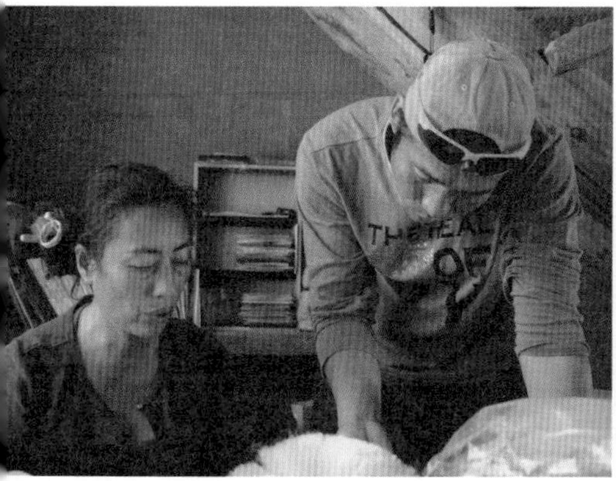

港口部落，阿美族姊弟

紫藤廬，周渝

section.09

好人經驗 vs. 壞人經驗

非典型記者與問之業

說要去當旅遊記者，所有人都是難以想像的，因為身邊的人都知道，我不是那種處事能幹、懂得控制場面節奏，甚至帶點強勢作風的典型記者。在出版社的前幾年老闆也曾提醒我，穿著應該要更成熟，講話的語調別太過溫和，認為我應該要懂得提煉氣勢，才能罩住場面。

我知道他們是為我好，但我始終沒能學會，也懷疑這是否為成長的唯一路徑，後來我逐漸用自己的方式，走出適合自己的採訪風格。採訪工作時而像一場資訊焦慮的戰爭，要懂得很多，才能懂得發問，但事實上，我們不可能在各領域都悉心掌握，於是我給自己下了一條準則——規定自己無論如何也不要「不懂裝懂」、不去遮掩自己的無知，畢竟，我正因為不懂，才代表我的讀者來此發問。

沿路的好人與美好經驗

決心以更坦白誠懇的姿態去接觸外界後，人們反而更願意幫助你，用各種方式予以支持。一回到長濱，竹湖山居的老闆娘看我好像中暑了，主動替我刮痧；還有幾次因為還沒找好當晚的住宿點，花蓮光復作野菜料理的巴奈、利嘉部落的小官，他們都熱情地把我撿回家住，我與巴奈的家人一起下棋、吃水果，聽小官敘述當地故事聽到初次見面就感動落淚。

那回在長達一個多月的花東出差裡，落腳都蘭的夜晚讓一連串的美好經驗抵達高峰。人們總會歷經某個段落，然後就能確切明白，在闔眼前的片刻，人生的走馬燈必有這天。為了採訪我依約來到糖廠咖啡、順道聽 live 表演，同桌卻遇到了傾心的作家吳音寧、遇到了一位只要開口唱歌彈吉他便令我淚流不止的卑南族歌手，後來對方也被我感動，即興作了一首歌，以「美麗的沉睡的瀑布」來形容我不可遏止的眼淚。午夜時分咖啡廳要打烊了，後來在藝術家撒古流的邀約下，大夥繼續到他的工作室唱歌到黎明。這場夜裡如夢似幻的經歷，是人生中無法複製，僅足以在記憶裡發暈萬千次的記憶。

偽裝成壞人的另種天使

巔峰過後總是來到陡直下坡，但我沒想到接下來的經歷會像一記狠狠的巴掌打在臉頰上。從都蘭順著濱海公路北上，我來到秀姑巒溪的出海口——港口部落，持續遇到許多滿懷善意的人們。那幾天我住在聽得到海浪拍打聲的莎娃綠岸工作室，某晚在即將入睡前接到了耀忠來電，他是部落裡最懂得靈活運用山海食材的廚師，也是我認識最充滿海洋神秘的阿美族男子，他想趁著沒有月亮光害的夜晚到海邊抓魚，並熱情邀約我一同來體驗。

原先以為要直接去夜抓的，卻路過了正在為豐年祭製作竹杯的酒席聚會。我隨著耀忠前去，但因為隻身在外、又帶點睡意，我知道今晚不是喝酒的好日子，於是僅坐在一旁沉默的聽眾人聊天，不久，在座一位客家籍的女畫家喚我坐到她身旁，左手塞給我一瓶紅標米酒、右手塞了一只竹杯，要我一一向在座每個人敬酒。

當時不知哪來的堅定，瞬間決定我一滴酒也不會沾，我把酒罐與酒杯放回桌上，答說：「我現在不想喝酒。」女人看著我：「你不想喝酒？那你來這邊寫什麼書？你現在就可以走了呀！」眾人面面相覷尷尬以對，我按捺著不撕破臉，在耀忠試圖打圓場後，向其他人道晚安，準備步行回下榻的工作室，起身後揚著假裝瀟灑的背影離去，但在背影的前面，眼淚已忿忿流下。

當晚在床上躺平後，我從原本憤怒又帶點恐懼的心情，逐漸平靜下來，轉而感激這段歷程，因為整趟出差的過程裡，有太多太多的老天使對我好了，比起如此我更需要一把銳刃刺來，如此才能平衡經歷。我也更加明白，無論如何別人沒有義務要對你仁慈，更沒有人理所當然要認同你。

隔日清早，我向工作室Lafay的母親，一位充滿智慧的阿美族女長老，敘述前晚的經歷，詢問她自己這樣做是否有失禮貌，女長老說，族人可以叫部落裡的晚輩向長輩敬酒，但沒有權力迫使外地的客人非得喝酒。如此一番話令我安心了，也對自己的堅持不感後悔。

剛畢業時在廣告公司，即便是生平第一份工作，但我不需要對照組，在當時就知道他們是我這輩子能遇到最好的主管與同事了，這份好人經驗對我而言十分重要，它提供了一種信念與力量，當我往後遇到不友善的人時，我都能有力氣去面對，因為我已經知道不是所有人都這麼壞了。而不管是人生裡的每份工作，或某趟出差間的出場人物，好人與壞人皆同等重要，好人經驗讓你透過對方的善意來累積自己的勇氣；壞人經驗則將你拉回現實裡的平衡，不至於傾斜某方而濫情揮發，他們是偽裝成惡人的天使，予以我們茁壯的機會。

section.10

感染荒野與海洋柴米油鹽的總和

蒲公英

那年春天騎乘摩托車，循著那條曾是裂縫，萬年後被水鑿成縱谷的花東大路南行半個月，抵達行程的末端再沿著太平洋畔回到一個月前的原點，三十多天裡每當我站立於那些釘打在他們所處之地的人的跟前，總讓我覺得自己像是從未真正有過生活的人，我的家人是誰，我早晨的習慣是什麼，我會去哪裡上街購物，他們眼前飄來一位流浪者，擁有小家庭的定居者說羨慕，飄盪者則羨慕雙腳深入泥土的人。我參與他們的人生幾天，然後繼續漂流過他們，再漂流到下一個門牌，像水一樣經過，感染荒野與海洋柴米油鹽的總和。

幾樣生活，幾樣人

採訪的日子會接觸到很多人，有時是一杯午後的咖啡、一場晚餐的對話，有時住在他們的家裡，與他們日常的朋友、家人一起生活了幾天。

這樣的感覺很奇妙，比起借住朋友家更充滿驚奇與不可預期性。台東卑南有座利嘉部落，小官與山豬是對小夫妻，在此租了間老平房作民宿，平房前空地有棵大葉山欖。但與其說這裡是民宿，不如更像一處集散了因著各式理由來台東定居的新移民集散地。我初次到訪的那晚，小官便帶我認識一位從桃園來的女孩，她叫大頭，畫了繪本《發呆檸檬島》、自己印刷發行，並拖著行李箱到書店寄賣，後來也在小官的民宿白牆上畫圖，用以換宿。我們一起度過幾個聊天笑鬧的夜晚，然後明天各奔東西，然後還有一些來來去去的人，以及某個夜晚都蘭歌手巴奈來這唱歌彈吉他，眾人哭得撲簌簌。

那是異地裡短暫相遇的光亮，但熱力卻在心底延燒很久。

花蓮玉里有座赤柯山，素琴姐與丈夫用山上的木材蓋了加蜜園，作為餐廳民宿，這裡秋季以金針花海聞名，但秋季以外的日子什麼來構成他們的生活？偏遠崎嶇的山路並未成為生活的阻礙，從小就在山裡長大的他們，一起辦了十三灣劇團，幾個中年人玩得很開心，閒暇時素琴姐還會到山下上生態課，向我講解青蛙時洋溢著知識分享的喜悅。我喜歡五月尚無遊客造訪的金針山，夜晚在山裡散步有著尚未喧囂展花的稜線輪廓。

台東成功是個臨海的小鎮，漁港拍賣市場有芭蕉旗魚、大目鯊魚、魟魚、鬼頭刀、石頭魚一字排開，空間裡襯著喊魚男子俐落輪轉的台語，在海洋水氣、魚腥味、人體氣味及檳榔味之間相互蒸騰破表，草莽氣息濃厚。我經由朋友介紹借住了成功商業水產學校的主任家，與他的妻子、兩位也是暫住的中學生一同走訪了三仙台、與他的學校同事一起吃午餐。現在回想起來有些許莫名，我竟然就這樣空降般橫向斷入了別人的日子幾天。

隨風空降的蒲公英，一日飄到了花蓮光復，巴奈與馬耀的家。巴奈是當地國小的老師，劍柔山莊是她開的餐廳，她把阿美族食用野菜的智慧融入了她的料理中，洋洋灑灑與我講了一下午，傍晚知道我下榻之地尚沒著落，索性把我撿回家住。馬耀是她的丈夫，年輕時帶學生打棒球，存錢買車為了帶他們去比賽，也常買點心給他們打氣，向我講述這些時的巴奈，眼神裡充滿對丈夫的肯定與認同。退休後的馬耀有些重聽了，此時不如就讓語言暫歇吧，三人一起在客廳下跳棋、吃院前自己種的芭樂。夜晚我借宿他們到外地求學的子女房間。

還有一日飄到了海岸山脈的奇美部落，漢人媳婦明季與她的丈夫馬讓一家人正忙著採收玉米田，部落裡老老少少都前來助割，空氣裡有隨風飛揚的玉米殼、族人的汗水味、雨的氣息，以及我聽不懂卻感到悅耳萬分的阿美族語軟軟柔柔地輕敲著。

一陣午後雷雨驟下，大夥到工寮避雨，雨停，繼續投入農事。晚上馬讓的父親為了感謝前來的助割者，於是請大家吃飯，因著阿美族母系社會的傳統，我們待年長的母親動筷子後，眾人才得以開飯。飯後，馬讓的父親想為幾位遠道而來的客人取名字，他替我取名為 saisai，與他的太太同名，理由是我們的笑容很像。

馬讓的父親

那些山上的、海邊的、充滿家常況味的日子，讓我看見在餐館打烊以後、暑假來臨以前、花季盛開以外，人們的生活樣貌，我喜歡這片土地上爽朗的人們，以及他們認真對待生活的態度。

section.11

港口部落流水帳

由於工作的關係，同年我又再度拜訪了位於花東海岸的港口部落，舊地重遊的熟悉感讓這回更懂得放慢腳步、觀察細部，此篇日記寫於二〇〇九年冬季，充滿溫溫徐徐的手札風格。

海岸山脈

在瑞穗租了摩托車，沿著瑞港公路穿越過海岸山脈，它是這條山脊由北向南數來的第二條公路，但與其說公路不如更像產業道路，大部分路段很窄，曲折，沒有公路局的巴士行駛。

在花東不會像在台北一樣搞不清楚南北方，因為中央山脈就是那麼落落大方；而海岸山脈遠看就像筆架，起伏迅速，少有緩衝，兩山之間南北立判。這幾天越過這座孤僻的山脈幾次，跟上回比起來，自己「在山裡面」的感覺更加強烈，順著山路蜿蜒、壓車，久久才一台野狼機車迎面錯身。十公里處是奇美部落，山裡唯一的部落，而來回兩次都在十六公里處的山谷遇到數隻小白鷺站在公路側欄上，車駛過他們就逐一躍入溪谷裡，連同底下唏哩哩流動著的秀姑巒溪，都易使人分心。

港口部落

這回採訪不管是銅門或港口部落，我都去見幾個重複的人，今年夏天見到的，在冬天再見一次。拜訪完項鍊與那ㄜ哩岸工作室已經下午四點多了，當晚的住宿其實沒有找，我騎車到上回收留我三天的莎娃綠岸工作室，雖然沒人，但好在門開著，我知道他們沒出遠門，人在部落。將行李藏在樹下，決定先到海邊走走，沿著小路靠近海岸時看見草叢長滿了某種莢豆，它的腹背筋絲有鋸齒狀，因為肚子餓的緣故摘了一些，取裡頭的豆子吃，澀澀的（後來才知道它叫鵲豆，是阿美族的民族食物，營養價值很高），然後又到海邊採了一些海藻放進嘴巴，鹹中帶苦，散步過程裡部落的公共播放器以母語講了一大串重要事項，聽嘸。

阿美族選舉飯

散步回莎娃綠岸，上回的 Lafay 不在，看見她的姊姊與 Ina（阿美族語：母親），七十歲的 Ina 還記得我，她說剛剛村裡播報今晚有選舉飯可吃，現在人數很少，請大家趕快過去吃。我便以奇怪的外來身分去參加生平第一次的選舉飯，請吃飯的這人參選豐濱鄉鄉長，但詭異的是他並沒選上，但因為很感謝部落裡的人，所以請了一場落選宴，還從頭到尾在台上以母語發表感言。

海邊的部落請客跟漢人的菜色很不同，紅色圓桌上有三碗湯鍋，三碗都是魚湯，其他菜色還有煎魚、炸魚、紅鮒生魚片，另還有炒青菜與三層肉各一盤，眾人低頭忙著各自的啃魚骨、挑魚刺作業，彼此沒什麼交談，過程裡我偶一抬頭，看見對面阿美族大嬸將她前方的魚湯大鍋整個拿起來喝，鄰座婆婆將筷子伸進湯裡翻夾魚肉，那樣的畫面實在太有趣了，但我得裝作若無其事貌，只能在心裡打驚嘆號。

後來選舉感言實在太落落長，我跟同行的大姊先逃離現場，在部落裡遇到其他年輕人圍聚著吃飯喝酒、彈吉他，那樣部落裡的柏油斜坡路、平房、戶外晚餐，像極了蘭嶼的夜晚。雖說是年輕人，但其實他們都已四十歲上下，但部落裡的人都會說那樣年紀的人是年輕人，可能跟阿美族有年齡階層制度有關，青年之父正好位於這年紀，是部落的主力。這樣的場合他們總會與你敬酒，問你從哪裡來？為什麼來？打算在部落待多久？

與他們告別後看到了海邊滿天的星星，上回來是月圓，月明星稀，有長長的月河；這回沒見到月亮，看到獵戶座的腰帶。

回到工作室，大姊用石頭把箭竹前端敲成散花，再用點火的報紙燃燒整把開花的箭竹，丟進熱水爐裡，然後三個人逐一在竹籬笆圍成的戶外澡間沐浴。

部落早晨

冬季的東海岸白天像夏天，可以熱到只剩短袖，但夜晚蓋著厚重的大棉被仍覺得冷。清早七點多起來，聽見Ina與她么妹的對話聲，這幾天退潮時間在清晨五點，他們趁此時去挖潮間帶，七點回到院子裡，兩人平分今日所獲，冬季的海藻是海狗毛與鹿茸菜，海狗毛以醬油辣椒醃漬後，加上本身微酸的滋味，族人覺得此屬相當美味的海藻，是今晚的菜色。早餐大姊備有麵包、蒸地瓜與最近開始種的有機蘿蔓心菜，原住民的地瓜紫色中帶點白色，與以前見到深紫色品種的地瓜不同，據說是部落的古老種子延續下來，而有機蔬菜的部分，大姊說她最近才試種，自己還是一年級，一切都還在學習觀察中。一整天我最喜歡部落的早晨，海光點點，不似正午時分炎熱，不像傍晚前蚊蟲漸多，也總是這一餐胃口最好。

INA

早餐後大姊提醒Ina要去山上幫親戚除草，Ina便趕到後院磨山刀並準備午餐便當，上回來訪時我跟著她去採苧麻、抽絲取纖維、拍攝她編織的過程，隔日又去

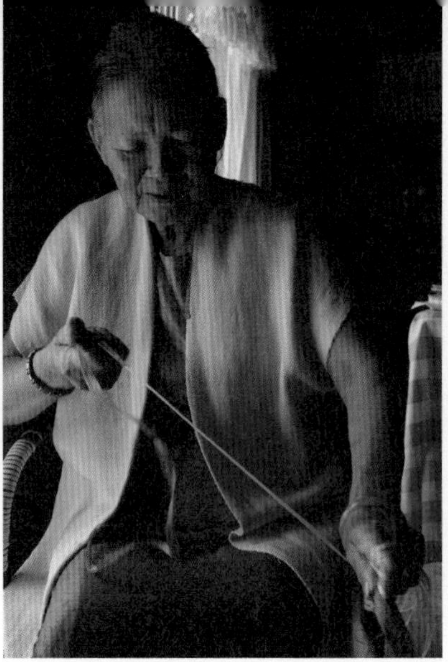

潮間帶一整天，當時我已深切感受到七十歲部落老人勇健豐沛的活動力，而這回她同樣是那麼溫文，一切慢慢來，從沒看過她倉促慌忙，穩穩地又出發去山上了，我說：「你的生活好像很忙。」她回答：「唉呦，好像越老越忙ㄋㄟ。」

潮間帶採集、下田種菜、上山鋤草、苧麻編織，除此之外她還參加「者播劇團」，扮演巫師角色、跳巫師樂舞（因為她年輕時為女巫，隱約記得舞步），每回來港口我最醉心的就是她。

早餐時她女兒吐槽她不會游泳也不會騎摩托車，她的姊妹也全都不會，前天浪大，大姊起床時還心急地帶著救生衣到海邊找媽媽，隔日叫她穿好救生衣再去潮間帶，但 Ina 卻說最近很多人去採集，穿了會丟臉。

部落未來

在部落裡最能讓我感覺充滿希望的往往是老人，或少部分仍保有山林與海洋智慧的青年階級，但絕大部分我常感到年輕人在部落裡使不上力，找不到一個著力點，他們從都市的水泥模板間回到部落，從那個你做了就有錢拿的地方回來，但多數人回來卻不知道能做什麼，即便突然獲得龐大的自由卻不知所措。

Sumi是部落裡最活躍在推動發展的女人，寫案子、爭取預算，被問及部落未來會是什麼樣子？石梯坪耕地抗爭好多年，政府未徵得族人同意就擅自奪走，因此她認為要回土地是第一步，土地回來，人就會回來；然後找水是第二步，她說不知道究竟是誰把整個豐濱鄉給賣了，小時候部落裡一戶派兩人，每半個月整理一次水道，但這幾十年政府鼓勵休耕，休耕就有錢拿、有補助金（是在鼓勵人懶惰嗎），於是用以灌溉的水源就漸漸消失了，東海岸只剩長濱鄉因有較大的梯田以及長濱大圳灌溉，尚能生產稻米，其餘幾乎只能仰賴金錢購買。

每回從部落回來總是希望與絕望交雜，也是除了爬山以外能讓我感覺恍如隔世的地方。比如在台北，社會就是你的家人、同事、交友圈，而部落太像一個集結起來的濃縮小社會，村子就那些人，每個人都是每個人的親戚，誰是有才能者、誰有頭目相，部落人人有底；然後總會存在幾個大白天就馬拉桑的酒醉者、好吃懶做者；然後有人會離開，有人會回來，廣播一公開都講進大家耳裡，誰辦了工作室開始有所動作，幾尺外全村同步第一手消息。

南方澳採訪

南方澳採訪

section.12

粗暴與婉約的對立——戒茂斯下嘉明湖

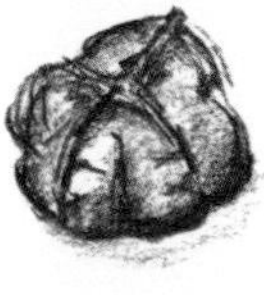

畢業了，畢業很多年了，上班以後的日子要再相約學生時代的朋友爬山，約略可歸納出幾種時機：一、春節過年；二、端午節或中秋連假；三、集體失業。我就曾走過同行六人之中有五人皆沒在上班的隊伍，有人是研究所剛畢業在找頭路，有人連續工作多年想暫時休息，而我那時也剛好從廣告公司辭職，於是那年秋天幾個從四方匯集而來的無業遊民便一起走了雪東下雪劍，自嘲為「雪山失業團」。而戒茂斯也是在類似的情形下組成的團，由山癮中毒最深的人跳出來號召，我們從帶有探勘性質的戒茂斯進入，銜接嘉明妹池與嘉明湖。

戒茂斯手札 *2009.05.28~31*

比例尺五萬，方格一公里
波浪狀等高線百公尺，線與線之間十公尺
V字型朝山頭是溪線，相反是稜線
黏地圖是不環保的，是極度浪費膠帶的
卻是上山前最幸福的事（註1）

螞蝗先生垂藏在橫向樹枝（註2）
等山人經過就躍入脖頸
等大背包落地就爬上腰帶
一頭埋入肉土裡就大口吸血方肯罷休
若直接拔出恐有發炎之虞（但第一反應還是拔掉了）
右手腕脈搏處正中心，太陽一樣的點，點一樣的手的眼睛

鴕鳥蛋一樣的巨型松果，檜木之味，深炭之色
種鱗上有心型凹谷，有木臉上的凹陷窟窿

嘉明妹池

新武呂溪

新武呂溪第一支流，理想秘境
裹上層層綠衣的樹幹、倒木交織
陽光澄透，雨季帳篷不淹

越過尾稜始進入無路境界
灰色花豆一樣的山羊屎，黑豆一樣的山羌屎
循著獸之徑，想像自己是隻動物逡巡山林間

高音短促的ㄍㄠ一聲，抬頭望見十五尺外一隻山羊
四目相交，再ㄍㄠ一聲匆匆回頭沒入山林
咖啡色的尾巴尾一撮黑色絨毛，沒入蓼田

嘉明妹池，無人之谷
不似姊姊聒絮俗艷
婉約躺在金色山谷裡，陽光給她鑲閃耀的邊
平時不多話，枯水的冬季離去（註3）

嘉明湖

嘉明湖，外星之湖
以冰冷石板為底，獐頭鼠目的蟲子為綴

向陽山
南方是北大武獨立於雲海間，恆春半島往後沒入海洋
北方是童年七月最遙遠夢幻的回憶
之字型山脈循八通關、大水窟、達芬尖、塔芬山、雲峰
下切百公尺至拉庫音溪洗頭，上切百公尺來到三叉路口
學生時代與實際社會的路口

向陽山屋在四年後蓋好了
午后踩著林蔭的大道，現實的曙光乍現

（註1）黏地圖：早期GPS尚不普遍，高島圖也多半只有比例尺五萬分之一；當時我們有一組內政部發行的地圖，比例尺兩萬五千分之一，是出隊前拿來影印的範本。一張張接黏好、用蠟筆畫好稜線與溪線，最後貼上透明膠帶來防水，便成為最陽春又獨特的手工地圖。

（註2）螞蝗：潮濕悶熱的中級山常有螞蝗出沒，牠們吸動物或人的血液為食。吸盤附著後讓你麻醉無感，往往發現時牠已從線狀鼓脹成肥球。吸血時牠的頭部深入皮膚裡，若直接拔起會引起發炎，可撒鹽巴、噴酒精，或用打火機燒。

（註3）妹池：大的池子有自己的名字，在她附近較小的池就常以「妹池」命名，例如嘉明妹池、屯鹿妹池、白石妹池等。

深夜的無人島練習——東北角露營

如果夏天送來了一陣風，那大抵是海風。

學生時期每當暑假來臨，總會想去找海，以各種形式；但畢業上班後不再有綿長悠閒的假期可供揮霍，於是我們為上班族的暑假作了新的詮釋——「所有位於七、八月的週末，名之為暑假。」是的，那樣的週末適合遠行，到某處去。

ＯＬ女子露營咖

為了在苦悶的上班生涯找樂子，某年「暑假」來臨前，我號召了幾個同在媒體圈工作的系上同學，一起合購了女子露營團所必備的帳篷、爐具、睡墊，以及個人基本所需的睡袋及鋼杯。ＯＬ露營咖與登山社同學大不相同，她們會在上班週間就開始躍躍期待著週末的遠足，同時也會提出諸多不怎麼靠譜的問句，例如：「盈瑩隊長，我可以帶我家三個月大的小狗上山露營嗎？」或者在實際露營時才發現有人將整套化妝用品帶上山。

宜蘭大溪的桃源谷、濱海公路旁的鼻頭角，是那些年我們最常造訪的秘密露營地，雖說是秘密，但其實它們都是相當熱門的旅遊景點，只是遊客皆當天來回，畢竟僅是簡易的步道，根本沒有露營之必要，但這正是我們要的——在夜晚宛如秘密基地般的無人島，對於曠野的輕叩。

鼻頭角海崖，海之靜謐

在基隆火車站會合後，我們搭上混著斑駁與柴油味的舊巴士，風塵僕僕行駛於夏季的濱海公路，背在身上的家當雖然格外多雜且累贅（或許多數是因為經驗羞澀所帶來的不必要物品），卻並未減損眾人對於冒險的初探。車駛過鼻頭漁港，我們在隧道前下了車。

不過半小時便遇到了一片面向太平洋的海崖草坡，直覺就在這裡紮營吧，但白天整座草坡都還是遊客，此時紮營不免引人注目，我們只好鬼祟地將帳篷睡袋藏在草叢間，先去附近閒晃，待遊客

離去後再回來。午後沿著釣客小徑一路陡峭下到綿延的海岩地，海蟑螂像外星生物般四散開來，往起伏的海蝕池裡探去發現了海兔與海葵，還有隨海潮左右水擺的海草，雖不知是否能食用，還是隨意拔了一些，為晚餐加菜。

傍晚時分，白日的喧囂已然退去，靛藍色的海面有一盞盞等待白帶魚的漁燈亮起，海岸線是圓弧的，心情則是平靜的。

對於海的印象，一直都是喧譁熱鬧的——兒時夏日的家庭海水浴場、與青春同伴在大海游泳的記憶，以及蘭嶼小孩海邊的嬉鬧聲。若說山適合久居，那麼海便適合偶走，它是盛夏裡偶一為之的歡聚亮點，鹹鹹的重口味。而此回經驗因為露營的關係，能於清早與傍晚時刻待在海邊，便能夠看見海洋的靜謐本質。

一回去東北角看人釣魚，岩上釣魚的人與遠方海洋都很寧靜，場景唯一的聲音是甩竿時俐落的一聲「咻」，然後又陷入靜默，他們將紅色誘餌灑入海中，為此鮮艷的雀鯛所聚集的密度比在記

憶中的小島海中還要多很多，但他們卻在魚叢中久久才能釣上來一隻，讓我無法理解。據說還有一種咻、咻上下抽兩下的假木蝦，是模擬蝦子在海中游泳的方式，能夠吸引到軟絲仔，現場燙軟絲的美味程度已經成為傳說了。

關於專注與靜謐，我想起海洋作家廖鴻基曾提及，一次在東港，凌晨時分萬眾匆忙做事，交換方向，節奏很快地做事時，所搭配的背景音卻是一片寧靜，每個人專注卸魚及他自己的奔走，我好想旁觀那樣詭異的氣氛，只是後來被提醒關於凌晨的派報，或是圖書館裡忙著上架分類的館員，大概也跟那樣的情景有幾分類似，又覺得自己少見多怪了。

至於首次出征的海崖露營還有哪些印象，我記得那晚在帳篷聊天打牌正熱鬧之際，遠方步道忽然一道手電筒的強光往我們的帳篷打探，頓時大家安靜下來，面面相覷，一陣害怕一陣好笑。以及夏日海邊早晨的陽光實在不容小覷，當朝陽從海面升起後便開始替我們的帳篷徐徐加溫，熱氣瀰漫的密閉帳篷頓時像熱氣球一樣快要昇天起飛了，又像大型烤爐般，裡頭翻動著一條條睡不好的魚，左右翻面均溫煎烤，直到有人率先發難：「好熱！受不了啦！」眾人才接二連三衝出帳篷外。

闖鬼門的桃源谷

桃源谷的經驗有兩回，首回我們帶著出生數月的小狗，人與狗都爬得喘吁吁，帳篷搭好後小狗累到雙手雙腳都癱軟著，腳掌的蹼因而被訓練得厚實有繭。

關於桃源谷初體驗，總之是一段向陽且光明的六月記憶，但隔年的經歷卻染上幾分驚悚氣息。

那是某個夏末初秋的週末，僅有三人同行，我們預計到山頂那片看得到太平洋的開闊草原上紮營，但由於上午尋找登山口的過程中迷了路，耗費了些許時間，導致抵達山頂草坡時已是夜幕將至。正當我們悉心尋找合適的露營點時，忽然山頂起了濃霧，並颳起早秋的風，白霧讓我們看不見何處是陡峭的懸崖，只好步步為營，急就章隨意選了一處避風地迅速搭帳。待一切就緒後，隨之感到一股疲憊與飢餓，遂到原先預定的山頂公廁取水，著手準備晚餐，此時卻發現水龍頭一滴水都擠不出，在一片士氣低落的情勢下，甚至有乾脆不吃餓肚子熬過一晚的念頭。所幸後來發現另有一條指標通往蕭家庄的路，我們只好賭注那裡應該有廁所，於是暗夜裡來回奔波一小時，才解決了當晚的民生問題。

酒足飯飽後，濃霧與天空的雲也散去了，我們躺在帳篷外，看見了廣闊的蒼穹有幾道流星畫過，那樣的感覺很奇妙，好像身體不只是躺在草地上，而是吸附在巨大圓形的地球表面上，與星空做更直接的對望與逼視。

心滿意足回到帳篷準備就寢，厄運卻尚未結束，夢魘之間四周傳來某種中大型生物的低鳴，隔著輕薄的帳篷帆布，或許是下午見到的牛群，或許是人。那晚在外頭的聲音究竟是什麼似乎永遠也不得而知，但能確定的是，後來才發現那天正巧是農曆七月三十日，我們在關鬼門當夜登入了無人之島。

洋

section.14

流浪漢生活備案——香山

一年夏天我跟著高中同學翁寶到她新竹的外婆家遊玩，次日早晨到香山濕地挖蛤仔，這樣的經驗令我印象深刻，於隔年冬天再去了一趟。

討海人與專業蛤隊 *2007.08.05*

下午在竹北睡午覺，陽光透過窗簾灑在雙人床，好像白日的午後夢迴裡，二次大戰的轟炸機低徊在天空如鳥之雙翼。嬉鬧後就迷迷糊糊地睏去了。

一整天除了午覺之外，坐慢火車時、河堤散步時，無時不想著清晨的濕地，火車上我仰著頭睡熟了，嘴巴還張著沒知道，半夢半醒間，耳邊聽見翁寶說：「我腦中

一直重複早上摸蛤仔的步驟——鬆土、冒水、挖出。」

一整日被注定忘不掉這件事的感覺有些奇妙，奇妙在於，叫你短時間內重複再去可能也不願意，怕新鮮感被破壞掉，怕沒記憶裡這麼好玩，可它又活生生幫新竹加了好幾分。後來總結，也許不尋常的清晨起床是整件事奇幻的原因之一，再來就是「討海人」的錯置感。

翁寶的姨丈像極了討海人。他是這趟旅程的幕後推手，一早開著休旅車帶徐九妹、徐翰弟，買了每人兩份早餐，吃完飯糰有蛋餅，蛋餅之後還有豆漿，沿途解說新竹的風車、新舊漁港、單車道，以及其他拉哩拉雜的景點。驅車抵達濕地後，後車廂打開來竟有齊全的各式蛤爪、水桶兩個，以及多頂給大夥戴的遮陽帽子，專業程度可見一斑。

大夥把拖鞋放在沙地邊緣，沿途經過的植物是海邊濕地常見的馬鞍藤，除此之外還發現了一種相當奇特的植物，外形像海膽的放大版，質感卻如麥草，查了資料原來叫做「濱刺麥」，相當有氣勢的名字。剛開始挖蛤時十分具新鮮感，濕地像噴水池一般朝天空與我們的腳底跳起水舞，用蛤爪將濕土鬆開，果然大批蛤仔藏身其中，但可千萬別操之過急，一心急會把牠們脆弱的生命捏碎。挖著挖著翁寶說：「哪天窮途末路了就來這裡生活吧！」的確地底下彷彿有源源不絕的食物等人來挖掘，花一個早起的清晨可吃幾天的海產，嫌菜色寒酸的話，向天際撒綠豆，過些時候也有豆芽菜可吃吧！

就這樣從清晨六點挖到八點，終於陽光炙熱到不能忍受了，回到車上用姨丈準備的水來沖腳，足足兩罐五公升的水瓶，之後再暢飲事先備妥的冰涼麥茶，簡直是全副武裝的採蛤團隊。

次日，已經整整過了一個夜晚，在上班時、坐公車時，低頭吃熱麵時、耳邊播放午間新聞時，仍忘不掉摸蛤的觸感。

濱刺麥

在風車遺骸煮泡麵 *2008.03.01*

數公尺拔地矗立的風車，站在底下仰望，襯底的陽光讓人不可逼視。風車轉動得極慢，若不靜下心來觀察很難察覺它的移動，就像時針那樣偷偷地跑。平坦綠色的草地上躺著一具白色風車的遺骸，擁有三片扇面的風車槳靜靜躺著，踩在上頭有種塑膠殼的粗製濫造感，想不到我能親手碰觸曾在藍天裡轉動的風車槳，感到一陣幸運。

但其實更幸運的是能在風車裡煮泡麵。採蛤後，三人穿著拖鞋的雙腳附著一片片乾掉的泥土，腳趾上的皮膚紋理也附著龜裂的乾泥，把背包外套往風車壁上的掛鉤放著，那動作和諧得像是洋片裡老外將大衣掛在玄關間貼滿壁紙的牆上掛鉤那般自然。一旁橫越著鋁製長梯，打破了原先以為風車柱裡有先進電梯通往風車槳的迷思，一來覺得那維修人員還真辛苦，二則風車內的結構比我預期的還要簡陋很多，我以為會如燈塔那般具有間管理員的小房間，或者會分隔成兩層樓。

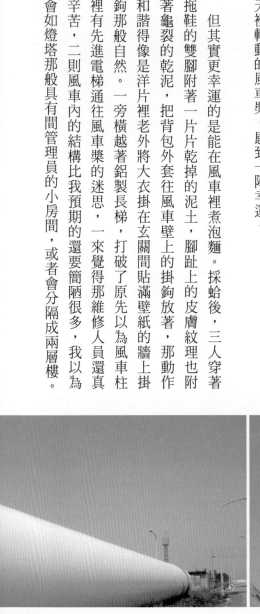

這回清早起來忙了一上午，成果僅是十一顆環文蛤，原來冬季太冷了，蛤仔都跑到很深的泥土中取暖了。冬天果真不是採蛤的好季節，海風又大，偌大的濕地上除了一位在地的阿嬤，沒有其他人從事這項活動，顯得我們看起來很像蠢蛋，想著來回火車三百元，早就可以買不知道幾碗的蛤仔湯了。冷風持續呼嘯，吹過凌亂的頭髮。

人煙稀少、蛤仔也稀少的平坦濕地，仔細一探充斥了許多球形螃蟹，圓球形的紫色身軀像裹著彩色糖衣的球，八隻腳與兩隻大螯密密麻麻在濕地跑著，讓我想起《亂世佳人》有個經典的鏡頭——在電影的最後，攝影機特寫克拉克蓋博跪坐在地上抱著費雯莉的身軀，然後鏡頭逐漸zoom out，容納著成千上萬無數戰死的人民。盯著螃蟹看時也有這種感覺，你會先發現地上有一隻，然後視線逐漸拉成廣角鏡，才驚覺成片萬頭鑽動的外星螃蟹將要占領地球了，恐慌的程度包括腳底也會一陣酥麻。（後來才知道此種蟹名為「和尚蟹」）

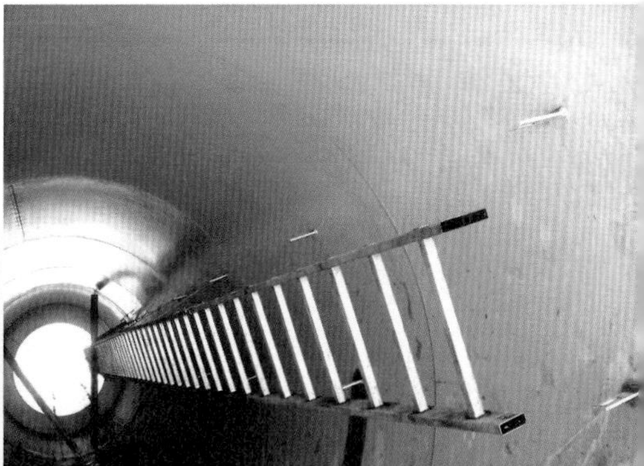

因為風車是圓柱的緣故，坐時屁股會一直滑下來。我們將蛤仔泡在鋼杯裡吐沙，燃起爐具，待水滾後將泡麵與蛤仔丟下去，想不到剝開蛤殼，肉竟然是紅色的，不禁令人聯想到鄰近的竹科是否汙染了這片濕地，因而產生了外星螃蟹以及變種蛤仔。總之同行的朋友身先士卒跳出來品嚐，看樣子吃到很多沙子，直喊著海味很重，看她安然無恙後我們也逐一試吃，其實味道還不錯，而且加了蛤仔使得泡麵湯頭更加鮮甜。

回程的火車相當疲累，又再次仰著頭張嘴睡著的片刻，忽然聽見對排老婦人喊著：「你怎麼上來了！」睜開睡眼看到一隻長相善良逗趣的黃色大狗咚咚咚在門要關上的那一刻跳上火車，上來東聞聞西聞聞幾個人，然後就在柱子旁趴著睡覺，引來全車一陣騷動，不一會火車查票員來了：「這是誰的狗！」大夥回答：「牠自己上來的。」查票員趕緊以無線電通知下站人員，還一副很生氣的樣子說要把牠轟下車，惹來一旁講電話的年輕女子怒視。當火車快進湖口前，牠又站

起身來聞幾個人，我用眼神向牠示意後，牠也來向我打聲招呼，隨後車門開了，不等被激怒的查票員來趕，牠自己又咚咚咚下了火車，果真只是要搭車去湖口而已，好像很知道自己在幹嘛的樣子。

外星螃蟹、風車裡煮麵、搭火車的狗，是那年冬天關於海口的荒唐歲月。

洋

section.15

走在家鄉海之濱——基隆・蘇花古道

親近海洋的方式，經歷了單車環島、海崖紮營、海邊採食、島國的long stay，步行似乎是從未想過的念頭。一年春季為了去外木山，順道沿中山峽谷到大武崙砲台，卻因巴士下錯站的緣故，在基隆曲折的公路上步行了一段距離，荒涼的海邊之路，穿插非觀光意圖的純樸漁港，以及協和火力發電廠的煙囪襯著天空矗立，皆成為那天最為深刻的背景，像這樣不確定將抵達何處的短暫插曲，總有幾分浪跡天涯的意味。

外木山，起步走 *2009.03.15*

沿著海濱線一前一後不說話只是不斷地走著，那樣的意象很好。

我其實希望那路更長，天氣更熱，水更少。

公車行駛在蜿蜒曲折的馬路上，所有的右側都是往上的階梯，所有的左側都是向下的，階梯通往那些冰箱裡必定有甜不辣與蛋腸的基隆人外婆家。路名在靠海的山城裡也許並沒有發揮太大的意義，因為每條路都會再轉彎，從東西向變成南北向，騎樓也無法水平延續，外出買個雞蛋想必要上上下下。

外籍漁工正中午在浮盪的船上煮食，我測想那是廖鴻基書中寫的小卷米粉湯或鮮美的魚湯，因為沒有踏上台灣陸地的權利，所以只能在船上生活，但怎樣才算是踏上土地？一隻腳在船上一隻腳在碼頭這樣算嗎？用手摸呢？還有每次漲退潮所造成陸際的更改，哪裡算海哪裡算地，在碼頭邊無聊想著不著邊際的問題。

早上基隆港口巨大的船開了一個側邊的口，往裡頭望去簡直是吃了一座工廠在船肚裡，漆黑不見底，那個時間點同時聞到海洋的味道，啪啪啪迅速串連起過去所有的夏天，忽然興起一股想對任何事情用力的衝動，用力走路、用力流汗、用力面對他人，文明的生活讓自己的人生變得異常輕鬆，輕易得到原諒與讚賞，輕易愛與被愛，大部分的事情在腦內建構完成。

想去一個讓自己感覺渺小的地方，可以的話，變成一顆小而堅硬的石頭。

蘇花古道，微社會一週 2009.04.25~05.01

外木山的這段小走，像是預告片般揭示了接下來的行程，後來我們幾個人請了假，參加一個步行環島的活動——「走在家鄉海之濱」，這個計畫從基隆出發，分別往東走一個月、往西走一個月，最後在恆春半島相遇。我們報名了東澳到花蓮的這段，為期一週。

與友人出走曠野，沒有既定行程，關鍵字是隨意與放空。或許因為脫離了能乖乖接受安排的國高中時代太久，走海濱的活動期間並未獲得原先期望的純粹——不停不停地走路。這之間反而充斥了許多枝微末節的人事處境，諸如三十個人得排隊洗澡，或者得與團體在固定地點固定時間坐下來吃合菜等，其實這一切都正常得理所當然，只是年紀已把我們磨得太過個人了。

於是與現存的世界斷裂——家庭、感情、辦公室，我們進入

了一個具體而微的小社會，新的樂趣便是觀察其中形形色色的人，中年老人。中年老人往往比年輕人更具活力，他們之中好幾人熱血澎湃地報名了整段東部行程，有活力四射的阿嬤、隨時隨地令自己自在舒服的老人，還有智慧老人、沉默老人、巧言令色老人，與同伴觀察並討論著自己以後將會變成哪款老人。

雖然雙腳犯賤地覺得走不徹底，但途中場景仍舊光譜鮮明。早期蘇花公路尚未開通前，當先人循著蘇花古道眺望東澳的粉鳥林漁港時，想必也感受到在山望海的這份靜謐，海洋變得又平又淡又安靜，世界彷彿靜止了。隔日我們從南澳出發至漢本，卻在走了八公里後，因為高峰鼻的海潮始終未退離，13:32 是當日潮汐最低點，但太平洋最終仍沒有為我們放寬通行的路，眾人過不去那塊突出的巨大岩塊，只好原路折返，改乘火車前進。後續我們還走過了那座因採大理石礦多年而被粉塵覆蓋的和平小鎮；還有那條位於立霧溪口與現行鐵軌平行的高空舊鐵道，宛如天空之橋；並意外找到了電影《盛夏光年》的劇照場景，如法炮製拍了山寨版的初夏光年。

初夏迷迷糊糊結束了，原來海地交錯的那條稜線並不比高山易爬，隨時隨地都有撤退的可能。這是走海濱的小結論。

春季行程

4／25（六）【宿：東澳國小】
4／26（日）蘇花古道——大南澳越嶺——南澳【宿：朝陽社區】
4／27（一）南澳——高峰鼻——南澳【宿：朝陽社區】
4／28（二）南澳——漢本（火車）——和平【宿：和平國小】
4／29（三）和平——崇德（火車）——新城【宿：新城國小】
4／30（四）新城——康樂、七星潭【宿：康樂國小】
5／01（五）康樂——花蓮市

section.16

關於晃蕩友人

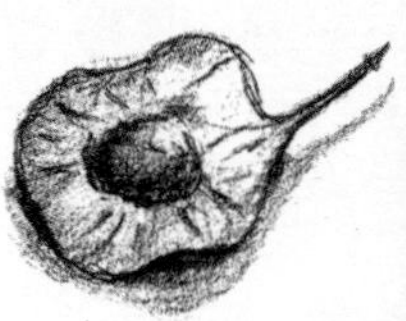

旅行最需要的就是良伴，同伴若隨和好相處，去任何地方也不會感到無聊。王賽西與黃妞妞是我的大學同學，相邀出遊時總是不囉嗦、不抱怨，何時何地總能自得其樂，我們曾在凌晨三點看完午夜電影後，搭上清晨的第一班火車到福隆看日出；也曾因為喜歡日本演員淺野忠信，突發奇想舉辦了家庭巡迴影展，到北投、基隆、桃園等各個同學家放映系列作品。當時在妞妞出國前夕，我寫下這篇文章，關於三人出遊組合的微妙之處。

想記錄一段關係。

十月是妞妞去東京念書的日子，倒數著九月八月七月，此後將有幾個年頭少了這個人陪我們一起晃蕩，但所謂的我們，其實就是我與她與賽西三人。我不曾這麼明白地將幾個人的情誼公開討論，這麼做實在有些難為情，但也不得不承認過去的時間裡，我相當沉浸在這段自在的三人關係中。

關於四人組合的對比，記得在廣告公司離職前的最後一個月，恰巧有位男性 copy writer 在我之前已先行轉職，從此午餐時光變成四個女生一同攜手去吃飯，前面兩個，後面兩個，像汽車的四個輪胎一樣穩紮前進，不知為何那樣毫無退路的穩定關係讓我在最後幾天的相處有些疲乏，她們絕對是我入社會後能遇到最好的人，但有時今天向我接續昨日的男友 #%@$ 話題，明日再向我接續今日的話題，這般宿命式的連載對話令人無所遁逃，我沒有機會放空一個人走，一小段都沒有機會。

而三人的朋友關係是流動且熱鬧的，感覺起來人很多，多到足以壯膽在午夜裡散步，在破曉前搭上首班火車，討論剛剛看的電影或分享工作中的種種可以很起勁。但當另外兩人討論到你未涉獵的日劇、日本節目、日本雜誌藝人，我也可以自由地選擇完全發呆，或張開耳朵多少聽一些，或心血來潮參與討論。重要的是當你沉默時不會有人問你怎麼了，幾方人馬分別自在，心靈上覺得很放鬆，不會很累一直要說話。

無數個日子裡，不管出遊的點子有多爛、落於無聊困境的冒險值有多大，只要我想得出來，黃好揪跟王好揪都會不假思索地力挺到底。力挺到底不是因為她們多夠義氣，而是她們跟我一樣無聊，無聊到心甘情願參與每次冒險，而且就算事態真的很無聊，她們也不曾埋怨過。

爾後將少了個人來跟我一起度過乏善可陳的人生，淺野忠信家庭巡迴影展、凌晨三點是個去海邊的好時機、鼻頭角的海崖露營、風車裡的蛤仔泡麵，曾經不是那麼熟悉的校園同窗，卻在畢業後才晚熟地開始握住一些。

Chapter.3

理想生活

果實・山羌・星星
—不遠行，不旅行，日日生活即是滿足

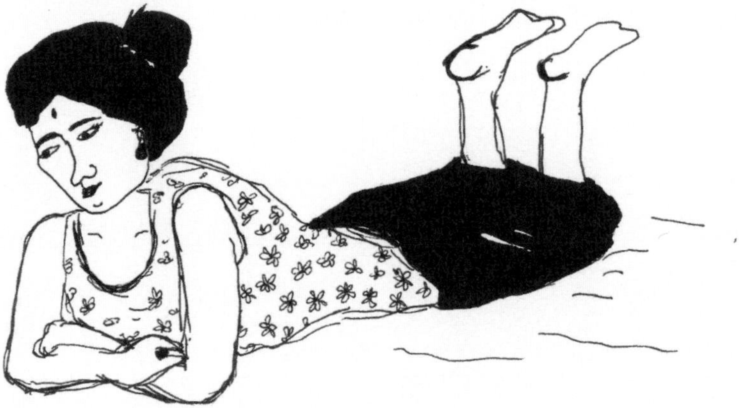

採訪工作，讓我看見生活的一百種可能。

除了都會與辦公室，

我還想知道另外九十九種哪一樣最適合自己。

我喜歡自然、山林，與海洋，

但若不以旅行者的身分過客鄉野，

我仍會衷心喜愛山村的純樸與簡單嗎？

我能否甘於平凡，

成為一名不戀眷物質與都市絢麗的安居者。

而答案唯有真實去經歷，始能得知。

section.01

離開都市，到某處去

二水綠油油的稻田，
如心底一鋪軟柔地毯左右風擺，
招搖青春沒有所謂，
笑你成了房裡的石人。

——於 彰化二水

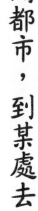

都市上班的生活有時令人困頓，我們日日通勤，抵達那座如牢一般的辦公大樓、困坐於電腦螢幕前閃動刺眼的光，卻與天空、泥土都相隔甚遠，我感到自己的身體逐漸變得軟弱。於是我辭去了朝九晚五的工作型態，準備開展自由接案的生活，卻在此時一份野外助理的機會隱隱冒出，大自然的夢又一次在岸頭招手呼喚，只是這回不是花蓮海邊的漂流木，而是偏處宜蘭山區的森林，一個每週要上山撿拾種子果實、學會辨識與分類的助理職務。

工作的地方為福山植物園，一個位處宜蘭員山，抵達前需經過雙連埤、幾座橋、蜿蜒山路，一處管制嚴格的生態保留區，我來到這座如陌生小鎮般的山村，工作與生活的一切皆亟需適應。

山上的第一週 *2010.05.06*

在正式上班前，我向曾來福山工作的學弟詢問了上百個問題，大抵圍繞著人身安全云云，在我眼中少不經事的年輕人終於說了句：「不要想得太難，也不要想得太夢幻，就是好好跟大自然相處就好了。」一語中的！

我的思考邏輯的確習於把未知環境美化，事後發現所有細節並非是「想不到」，而是放縱自己想得美麗，故意不去想活生生赤裸裸的現實。

巧遇野生動物是每天最期待的事情，第一天傍晚步行回宿舍的路上遇到第一隻獼猴；隔日清晨吃早餐途中，一隻中型山羌回頭看了我一眼就匆匆沒入長滿茂密蕨類的溪溝；下午在植物園區入口，母猴抱著倒掛的小猴慢慢從眼前走過；第三天爬山上樣區時遇到了藍腹鷴，雄雌各一隻，下山後在柏油山路旁有小山羌與小獼猴像朋友一樣在路邊吃草，停下來看了十分鐘，為了牠們看起來太純真而感動落淚。後來聽同事說這兩種動物豈止是好朋友，還曾經看過猴子騎在山羌的背上！

大約待到第三天，有種自己在參加夏令營的錯覺，有很好的博學的人為我上一對一的自然課，頂芽、側芽、花序、雌雄蕊、花藥、花粉管、子房、花萼花托、心皮、胚珠、內中外果皮……縱使一整天爬山下來，晚上繼續上課我竟不感覺疲累，聽得出神，神遊在花果種子的世界裡，一花一果實，美麗又神秘。

除了上述幾樣心頭喜歡之外，生活型態從先前順遂居家又簡易的日子，在這週急轉直下出現了諸多挫折而心生退卻，原本幻想的「森林」工作，在這裡是崎嶇複雜的熱帶雨林中級山，一會是肥滋粗大的巨型蛇蚯，一會同事口中總好心提醒上山要小心螞蝗、青竹絲、虎頭蜂、山豬，講完後見你開始擔心憂慮，又改口說：「其實也還好，也不會常碰到，小心一點就是了……」熱帶雨林的豐富與險惡、體力的透支與腳掌疼痛是恐慌之一；其次要面對宿舍內的大蜘蛛、蟑螂、各式蟲類、夜晚小徑上完整的黑、浴室的髒與垢；其三是當每週從樣區收回網子內的花果實種子，我必須將它們確實分類，林林總總百多種的植物名稱，以及收到的各是它們的成熟果實、種子、碎片、未成熟果實、花朵，還是只是無聊鬧場飄進種子網裡的蟲癭、苞片、翅膀，而這些東西都細小到要拿鑷子逐一分辨。

我一度覺得眼前有座難以想像的高峰，而我永遠不可能爬上去，好幾次想告訴他們，我想放棄了。

今天是第四天的夜晚，飯後到辦公室打開過往前輩分類好的種子樣本，反覆記憶背誦、把形態特徵畫下來，我忽然想一樣樣克服自己的恐懼。我已經在第二天一鼓作氣把浴室陳年的污垢刷洗過，把房間的地板磁磚一塊塊擦乾淨，也在這幾天讓自己能放鬆融入夜晚全然黑暗的森林小徑，以及面對中小型蜘蛛能夠鎮定了。我已比青年之我勇敢了幾分，縱使因為起點比常人要膽小太多而顯得微不足道，但怎麼樣也是我個人往前的一步，畢竟，總不能一輩子看到蟑螂都只能顫抖著罵髒話吧。

section.02

等待森林下場種子雨

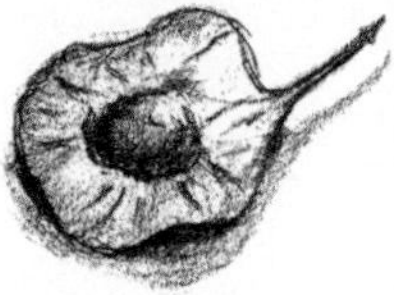

野外生態工作是最生猛淋漓的第一線，
人們赤手空拳初入那原始的熱帶林間，
用一個人的八年十年去換得整座森林的一眨一瞬。

樣區的初生

十年前，一群研究人員深入山林，在福山找到一片完整的天然林，他們徒手架設樣區，計算、丈量，然後多年來，一名在台大修習的博士生每週從台北往來宜蘭福山收種子，就連颱風或春節過年也不例外。他常告訴我，無論如何都不希望這個計畫中斷，因為我們所知的森林如冰山的一角，唯有長時間堅持，才能對森林生態有所了解。我相當欽佩這位在我之前收了八年種子的學者，他事必躬親且一絲不苟的態度，常讓我覺得自己所作的是如此重要且偉大的小事。

這份工作所屬的生態計畫為「種子雨」，聽起來像是風一吹，森林便要下起一場屬於種子的雨季，充滿浪漫動態的意象，但其實學術上它指的是樹上的果實成熟後，經由自然迸裂、風媒或動物啃食，讓掉落到土裡的種子萌芽成小苗的整個過程。在巴拿馬運河上有座孤立於水中的小島，是這個長期生態研究計畫的首站，而福山所設立的二十五公頃樣區，就是參照巴拿馬範本來建立，以井字為路，在路的兩旁均設種子網，長期且規律地蒐集掉落於網內的花果種子，再由學者比對氣候、雨量等環境資料，分析植物開花結果及小苗萌發的狀況。

儀式

前輩將每週收種子的工作移交給我們，展開了我每週的儀式——清早起床，在宿舍安靜地準備午餐飯盒，背起行囊獨步上山去。往樣區的路上前段最陡，我不太休息，但腳步比常人慢，我將休息的時間打散在每個步伐裡，均勻配速，踩著個人的節奏，聽著自己呼吸的頻率，感受陽光澄澈，汗水透支。

山裡工作的過程是沉靜的，勞動、洗滌、辨認，即是山上的語彙，山下有什麼俗事紛擾，總能在爬山的過程中沉澱下來，變得平靜，彷彿身體越是折磨，心靈就能淬鍊得更加完整，於是獨登成為一種彌撒，每週必行的。

於是週週上山，年年循環，森林以她百變的樣貌示人。

雨季之時我將手伸入小溪，馬口魚前來吮指，試試探探；乾季之時小溪枯竭，魚叢隱沒其間。初秋的亞熱帶雨林，蚊蚋四起，18號種子網旁有蜜蜂嗡嗡築巢，食肉的虎頭蜂如豺狼般芒刺在背，等著活吞那些勤奮工作的中國蜂；遼闊的緩坡地我遇見鮮黃色的刺蛾幼蟲，用力吹氣挑逗牠，毒液竟瞬間齊放，從每個小孔同時冒出，用牠此生最強悍的防衛機制告誡來者；還有台灣桫欏斷面生成的樹液，那是我頭一回誤以為大腿割傷卻渾然不知，如人體組織液帶血帶稠的蕨類鼻涕，無意間沾附山人，使之錯愕；以及佛手般的稀子蕨；有著藍染般暈暈花紋、某種橙蛛的結網；還有那隔著單層細胞，陽光下清清透透的膜蕨科植物……逐漸累積成我獨自在樣區裡喃喃的生態對話錄。

1

1. 臺灣桫欏　樹液
2. 蕈菇
3. 刺蛾幼蟲
4. 稀子蕨
5. 橙蛛的網
6. 膜蕨科
7. 馬口魚

2

3

4

5

6

7

section.03

蟲癭、豐年與果實的臉

生活在都市的時候，就常在行道樹與野地間拾荒，印度紫檀、油桐籽、青剛櫟、冷杉，循著她們美麗的線條素描於紙上。到樣區工作後，才發現果實不全然是大而明顯，它們多半黑黑小小如鼻屎一般，有時更因為浸泡雨水而軟爛模糊，且為了清除網子裡不用採集的枯落葉等有機物，我們得用登山杖由下而上拍打紗網，此時網子內的蟲大便、猴大便，總會順著拋物線降落在身上，狼狽程度可見一斑。

蟲癭，蘿絲瑪莉的*BABY*

千辛萬苦到遠方將果實帶回來，能否將它們正確分類，又是另一門功夫。網子裡常有許多偽裝成果實的冒牌貨，山寨版一號是蟲大便，辨認方法是用鑷子輕輕夾，若會碎成粉末，就非正牌；山寨版二號是「蟲癭」，當蟲子想要依附樹葉，吸取它的養分維生時，葉片會自動分泌組織液將蟲卵包覆，謂之蟲癭，其形狀千變萬化，有的外型與果實類似，常被誤認。

關於蟲癭，我常聯想到羅曼波蘭斯基早年的電影《失嬰記》（*Rosemarry's baby*），故事敘述米亞法蘿的丈夫因為被惡魔收買，讓她在不知情的狀況產下魔鬼的小孩，當她看見自己懷胎九月的鬼嬰時，所產生的驚恐與瘋狂。對照蘿絲瑪莉的貝比，蟲癭有點像是樹葉無意間暗懷的鬼胎，每每在剖開「果實」的瞬間看見蠕動的白色蟲子時，總有這份驚悚。

果實的臉孔

因為自己並非生態相關科系出身，對於果實辨認在初學時其實備感壓力，然而，隨著季節更迭，所見的植物多了，好像就能在心底慢慢統合歸納，找到一套觀察的方法。辨認是件有趣的事，充滿微妙的隱喻，起初覺得它們都很像，後來把辨認人

大明橘　烏皮茶剖面　青棉花　火炭母草

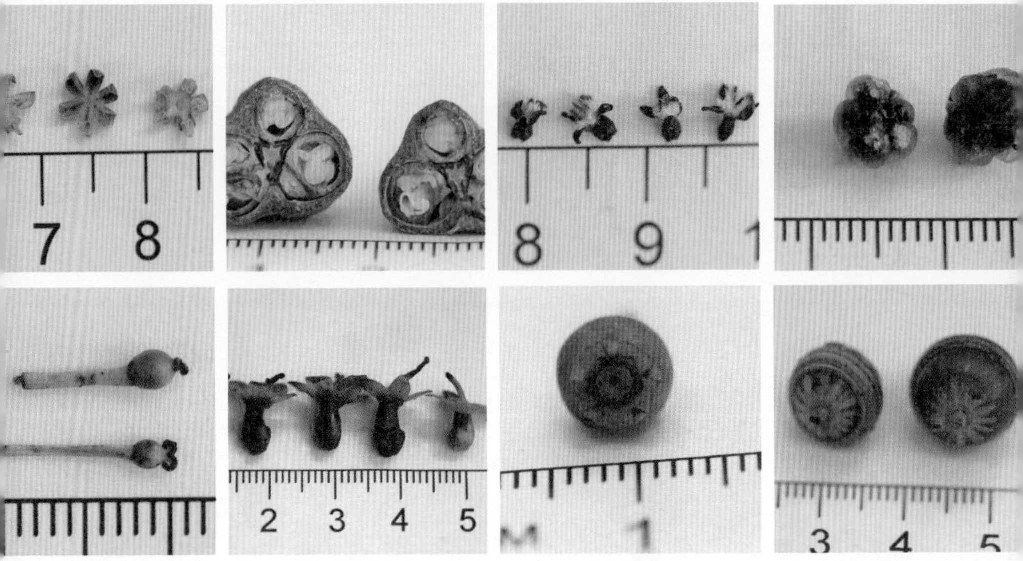

奧氏虎皮楠　長果藤　凹葉越橘　赤皮

臉的功力水平挪移到果實上——那是果實的臉，它的果蒂、紋路、色澤、線條彎曲的方式，如人臉孔上的皺紋、膚斑，如法令紋的角度、如人的眼神。有時難以表述兩個相似物種的差異究竟為何，就如同我們無法言喻兩個不同的人，他們眼神的差異在哪裡。

由於每星期固定拜訪森林，當時序走過春夏秋冬，再一次身處春天的林子，熟悉感會自然而然從身體的記憶底處喚醒，面對著一年一度嶄新的循環，老朋友循著節氣一一出籠，我沒有理由不認識你們了。

展葉與豐年

來福山的第二年，春天異常寒冷，往年三月起樹木會展開嫩葉，這年卻延遲了整整一

薯豆

厚殼桂

黃杞

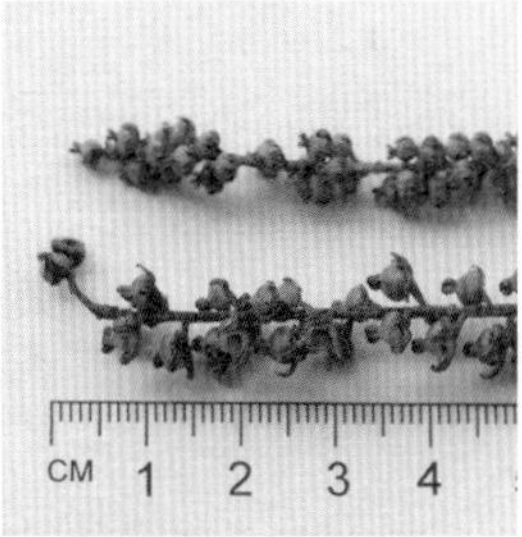

小西氏石櫟

薄葉風藤

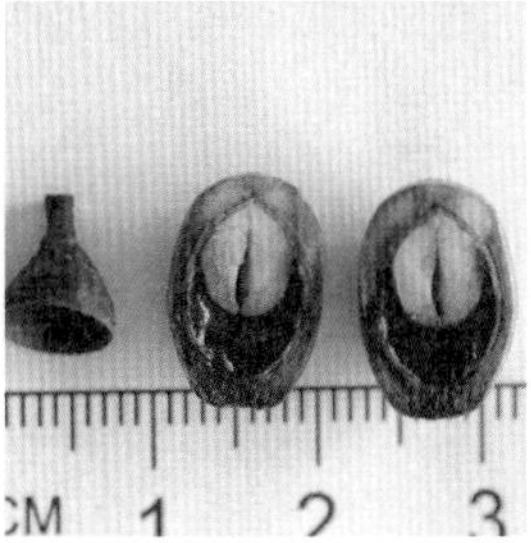

長葉木薑子

烏皮茶

厚葉鐵線蓮

個月才開展，波浪邊緣的、來自高海拔嫩葉毛茸茸的、往天空集中生長的，都在四月初一起忍不住。

由於植物有豐欠年的現象，結花苞期間，若冷刺激夠則花苞多；花苞預備開花時，若日照足則展花多；花朵授粉成果實之際，若雨水多則果實豐。而第二年因冬季長而冷，故花苞多；三月驚蟄之日春雷不響，其後春雨不來，日照足而展花多，一連串的巧合，結果便是來到了植物的大豐年，讓我們週週有收不完的種子、加不完的班，九芎三百個、烏來柯四百個、黃杞五百個，都一一考驗著我們的算數與耐性，屏氣凝神地數著，就怕一個深呼吸就讓種子飄走了。

1. 長果藤
2. 鐘萼木
3. 秀柱花
4. 大丁黃
5. 昆欄樹
6. 秋海棠
7. 刺莓
8. 毬蘭
9. 山櫻花
10. 石月
11. 紫花藿香薊
12. 猴歡喜
13. 台灣三角楓

4

5

6

7

9

12

8

10

11

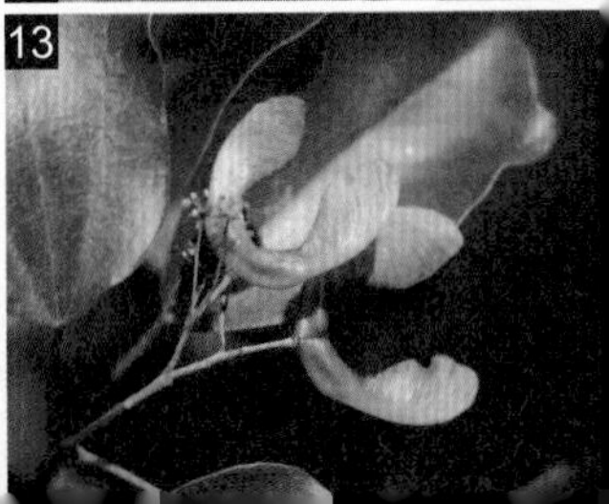
13

section.04

生猛淋漓的第一線

除了每週例行的種子雨，我們也要在冬、夏兩季上山為兩千多棵樹木測量胸圍，然而，那樣的苦楚是難以向外人說道的，比起過往的登山更甚困難繁複。登山是順著地貌本來的形狀來爬——腰繞路、上切稜線、下切溪谷，哪裡相對好走就往哪裡去，盡可能柔軟且人性的進行；但科學研究所畫設的樣區，卻是一種將水平與垂直線置入天然地形裡的爬山方式，陽剛、權威、勢在必得。

悶熱溽濕的中級山裡，我們必須按照一個個樣方找到樹木，但南北串連的樣方卻充滿地形的謬誤暗示——上坡不等同於正北，隨時都有可能切歪方向；當你終於找到了樹，下棵在它的正北五公尺，再向西三公尺，但陡坡上如何想像水平五公尺有多長，距離感失真了；然後雨鞋爬上去又滑了下來，滑到你無法再信任自己的腳與土地，又或者爬坡的同時雙手想借力攀爬住什麼，卻意外抓到了荊棘藤蔓、碰觸到躲藏在葉背的刺蛾，令你像電到一樣紅腫發癢，或在此時吸血的螞蝗纏上身，牛蠅嗡嗡嗡正要叮咬，林林總總所累積下來的確實是種消耗，消磨著體力與意志力。

這件差事過後，我向實驗室舉了白旗，無法再一次經歷下回寒冬的考驗，也深深佩服所有在樣區裡堅持不懈的人們。

section.05

山上生活的幾種面向

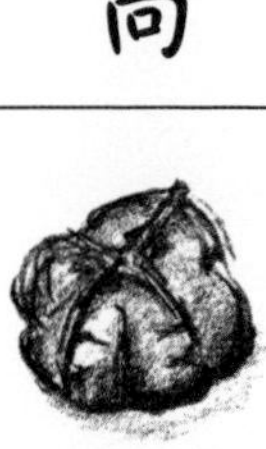

自然的富足

一直都在城市長大，縱使偶而遠行，也僅是點狀體會。來到福山，這座需要長長山路才能抵達、長長山路才能離開的小村，我成為一名釘打在生活與工作匯流處的定居者，朋友常問：「有電視嗎？有網路嗎？三餐怎麼辦？晚上不會很無聊嗎？」這些我也曾思慮過，但出奇的，「富足」卻是我在這裡最常從心底冒出的感受。

上山收種子像是本流的命脈，在規律的循環裡感覺心安；而不爬山的日子，從宿舍穿過林蔭小徑，到陽光能抵達的辦公室，然後在天光仍亮著的時刻下班，起身散

步到園區，偶而遠方的山嵐徐徐，偶而山谷起了濃濃白霧，秋風起的季節黃杞落滿地，早春來臨時山櫻花盛開。

2／14 冬季星子：獵人的腰帶、北斗七星的勺子、仙后座的鑲鑽皇冠、金星的紅寶石。

6／23 月亮與暈，天空乾雷，東方的閃電打在蘭陽平原上。

6／24 貓頭鷹低沉咕咕，腳下有蛇嗎？

6／28 日子變長，將又累又長又充實。

8／30 夏季星子：天蠍座的尾巴與紅色的心臟星宿二、夏季大三角、天琴座的十字架。

有時我回想從前採訪的歲月，工作不這麼工作，旅行不這麼旅行，生活不這麼生活。而山上的日子僅是工作不這麼工作，因為住在山裡的緣故，對旅行並不那麼想望，然後生活感重了些，所要的山上都有了，想做的走路都能及，我感到臉上的線條逐漸鬆開來了，溫溫綻綻。

同伴的富足

深山的遙遠讓我們看起來像被關著，關在山上，但實際上是這裡將平地的車水馬龍、吵鬧的餐廳、聲光娛樂、新聞八卦關在外頭，予以隔絕，少了這些雜質，人們得以更直接地正視對方與身旁的人。雙人的時候我們玩猜數字、打羽球；四人的時候打撲克牌；多人的時候在散步終點玩紅綠燈、在溪邊玩水抓魚；一個人的時候低頭看書寫字與畫畫。

這裡有同伴，也有獨處空間，世界之大，仰頭就是星星。

城市的想望

如此富足，仍無法摒棄都市而生。

一回同事要下山列印研究報告，拿起清單詢問每人是否有需要代辦採買的事項，香噴噴的雞排、牙膏、衛生棉……慾望與物質的需求此起彼落，像李奧納多主演的《海灘》一樣，人們找到世外桃源的島，卻忘懷不了都市的大麻、醫療與文明；也像古裝劇常有的橋段：府上老爺要進城，女兒們囑咐要城裡的胭脂粉與絲綢緞子。

或許因為我每週末仍會回家、回都市的關係，週間山上的日子我幾乎沒有任何下山的需求，我可以整個星期忘了看電視新聞、未使用到任何貨幣、寸步不離開山區、日日吃著簡單的燙蔬菜與水果穀類維生，那是一種前所未有的清爽，幾近真空。

卡通制服小叮噹

在都會辦公室裡，如果哪天穿了與昨天相同的衣服來上班，大抵眼尖的同事就會問起，此時還需提出理由予以交代；而山上的人重點不在打扮，而在實穿，夏季的實穿在於適合勞動、方便工作，冬季的實穿則是保暖禦寒，因此服裝重複出現的頻率之高，就像卡通裡的人物一樣——大雄是藍色小短褲加黃色上衣、宜靜是萬年的粉紅色短裙。在這股樸素及絲毫不需比較的氣氛下，穿衣這件事變得無比輕鬆，從此我不用每天早晨在衣櫃前百般思索，整個夏天只要以七件白T與牛仔褲搭配即可。

平房的無限延展

山上建築的形式也是令我感到自由的元素之一，辦公的行政大樓是座兩層樓的水泥房，辦公桌旁有大片落地窗，窗外是偌大的陽台，雖然福山冬季常下雨，但這樣的雨卻不讓人覺得困擾。因著室內室外的流通性，帶來一種可隨時接觸晴朗天空或

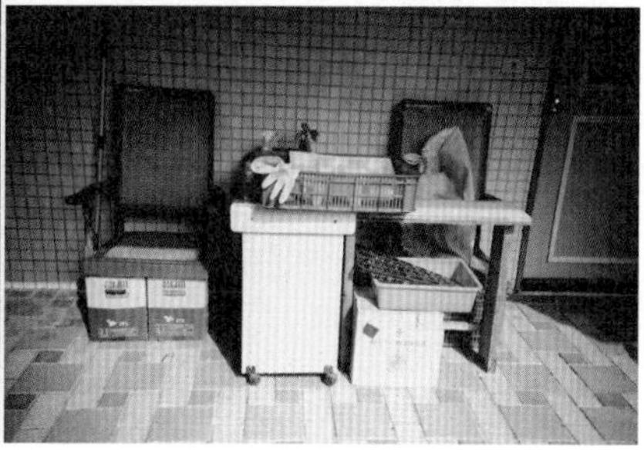

迷濛細雨、隨時遇見山羌與獼猴的自由感。

而我所居住的宿舍是幢簡單的平房，房間不大，卻不感侷促，因為當你在房裡，就能聽見屋外山羌偶蹄踩踏落葉的細微聲；黃昏時刻常有猴群跳到屋頂上彼此理毛，或轟隆隆地追逐嬉戲；幾回半夜就寢之際，我聽見齧齒類的小動物，叩囉囉以爪子在屋頂上神經質移動著；還有早春的清晨，五色鳥哆哆哆～哆哆哆～刮著牠們的木頭洗衣板。

一張床、一副桌椅，
或許這樣就足夠了，
因為輕輕推開門，
客廳早已延展至整座森林、
整片大地。

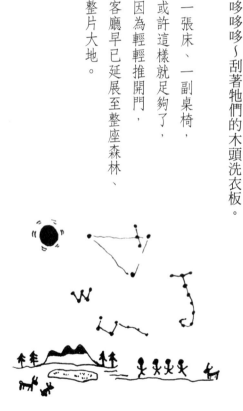

section.06

足以耕軟心田的草食獸

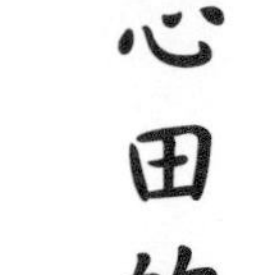

每回經過車棚前，看到掉落在樹下的小西氏石櫟仍會滿心歡喜地撿拾，隨著季節它們慢慢長大，從殼斗完全包覆堅果，到堅果微微探頭露出，到像蛋糕一樣的圓滿。那樣打從心底的喜悅，與每回遇到的山羌、每年秋天從天空盤旋而下的黃杞翅果，以及夏夜吹拂過臉頰的山風一樣，總能把心田耕得柔軟。

初來山上時我曾問自己，能否每回看到山羌都像第一次那樣永遠保有驚奇與喜愛的成分，兩年過去了，那份感覺從未消失，絲毫未減。

晚春 *2011.05.10*

騎車上山的途中遇見小山羌，不知為何山羌baby的形狀與紋路讓我聯想到花生米，牠的尾巴比成年山羌還要長而細，成年山羌尾巴短短一節，朝向屁股面呈白色，遇到其他動物一緊張會把尾巴豎起，反而讓內面的白色尾巴襯著咖啡色的屁股，成為猛獸的箭靶。

初夏 *2011.06.17*

福山的夏夜最美，農曆十三，月光皎潔，是那種能映照樹木影子於小徑上的明亮。月光下山羌在草地奔馳，彷如大草原上的羚羊，律動感，舉白旗的尾巴。

盛夏 *2011.07.27*

午夜十二點，夏夜的風吹起，整座紅柴山的樹都在搖曳，不睡覺的人遇到不睡覺的山羌，牠蹲踞著，眼睛反射出紅色的光。書上說山羌是獨居動物，但我常見到兩隻以上的山羌聚在同一區，或牠們常有意識的靠近猴群，一回蓄意靠近抱著小孩的母猴，母猴越逃牠

就靠得更近，另一回牠們站到獼猴前方，請猴子幫牠抓除屁股上寄生的蟲蝨。我不禁懷疑世界上真有獨居動物嗎？我始終覺得牠們仍有同族或異族的社交需求。

而動物的眼睛之所以會在夜間發光，是為了利用夜晚來自別處發出的微弱光源反射到牠們眼睛上，這樣就能用眼睛反射出來的光看到牠們想看到的了。

初秋 *2011.09.17*

上午與同事到園區採樹葉樣本，去程看到幾隻小猴擠在筆筒樹的金狗毛叢間，回程小山羌在樹林裡吃草與跳躍，小山羌的眼睛憨憨，總有單眼皮的感覺。

下班後散步到那片開闊的三岔路口坐著，我一直覺得那是一個很好的座位，但似乎沒有人發現，也不會有人跟我搶，山嵐慢慢籠罩住最高的山峰，秋風吹起柏油路上的枯葉，後方杜鵑花叢傳來偶蹄踩踏落葉的聲音，公山羌伺機

跨騎母山羌，來到你們的交配季。

仲秋 *2011.10.30*

十月的福山東北季風首當其衝，隨著海拔一路攀升，才發現毛襯衫毫不夠用，這裡的夏天像秋天，秋天像冬天。

冷天裡，猴子都躲起來了，最近很少看到牠們出來吃兩耳草，山羌倒還有零星幾隻，在乾溝裡覓食，啣起枯葉一片一片嚼。我相當迷戀山羌的屁股與後腿，尤其當牠們抬起後腿時，大腿連接屁股的曲線呈現雞腿狀，是鹿科專屬獨特的線條。

暮秋 *2011.11.10*

十一月，紅莖獼猴桃在宿舍前結滿整棵樹，數隻猴子在樹上啃果實，咬聲清脆滋滋作響，山羌從四方緩步靠近，大隻小隻在樹下尋找落地的果實。

初冬 *2011.12.10*

冬至過後，黑夜來得早，趁還有光亮的時候看得到動物，光亮底下的動物是全彩的，毛色、眼睛、茸角、尾巴的漸層，CMYK的物理色；而雨夜的動物彷彿長在手電筒底下，光筒向林子山徑照去，發光的眼睛在哪動物就在哪，無所遁逃，兩隻大山羌帶著小山羌夜間覓食，六顆星星抬頭眨一眨，棕色身子上的雨珠也同眼睛亮晶晶，那是因光照產生的幻色，隨角度變換來去。

白日的動物都有神經質，當我躡手躡腳靠近時，只怕牠們嚇跑，從沒其他的擔心，但夜裡中小型哺乳類都成了瞎子，手電筒的光亮便成為我的隱形罩。幼年山羌、白鼻心東聞聞西聞聞，幾度牠們還衝向我定住不動的腳邊，一聞味道陌生才迅速鑽進林子裡，此時換我在思忖哪個時機點該向後逃，以免動物飛撲到身上。

section.07

小村拙趣者與突發事件

來到福山，除了自然生態時常帶給我一股微小但確實溫暖的驚喜外，山上同事所呈現的純樸或原始或動物性的坦率，讓我對人的好奇與喜愛在大學登山時期後達到另一波高峰。這裡的阿姨叔叔們，有職員也有技工，各以身懷的技術作為生存之工具，會計、鋤草、駕駛、木工、水電、庶務、園藝，他們多半在這裡工作十年、二十年，過著穩定而規律的生活。我常覺得對比都市人，他們更具個人特色與獨特性，表情與反應也比較豐富直接。

不藏

比方說，那是家住雙連埤、為福山鋤了一生雜草的阿隆咕，騎車的背影總是歪一邊；那是個性害羞但談到樹木就會侃侃分享的賓哥；那是夜晚值班時打噴嚏總是響徹雲霄的清哥；還有嗓門宏亮常讓我們在二樓接聽電話時仍享有環繞立體音的珮玟姐；以及年輕助理群之中誰是急性子、誰煮晚餐總是拖拉躊躇，還有那個運動褲常拉到胸部且時有獨特拉筋動作的男同事，他們既平凡又不同的小細節常令我感到拙趣萬分，而那樣的趣味絕非嘲笑，而是真心喜愛他們的不藏，或者說是「不懂得藏」的那份純樸真實。

獨特性

生物學上有個觀點——當生存環境較為擁擠時，某些鳥類或兩棲類會產生不同物種間的雜交，幾代過後原本物種的獨特性便不復存在；反之，遺世獨立的區域，物種就越純，各保有自己的獨特性，比方原始熱帶雨林的物種就相當多元豐富。充斥外來資訊與移民者的都市，對比環境相對單純封閉的鄉村也有類似狀況，或許都會的辦公室文化、職場上心照不宣的默契及潛規則、餐廳與KTV場所、facebook、知名談話節目主持人講話的方式等，是讓城市人變得更加相似的原因，潛移默化中使得眾人藏的方式越趨雷同，不自覺藏起來或修飾的表情行為。

孩子氣

純樸的性格有時讓山上的阿姨叔叔們略顯孩子氣、童心洋溢，就拿小西氏炫風來說。每年秋季車棚旁的小西氏石櫟總會結滿整棵樹，只要風一吹、雨一下，成熟的果實就會落滿一地，意外引領一股職員與助理、大人與小孩都幾近瘋狂蒐集的風潮，有人是早晨上班的路上就順便撿，有人吃完午飯後去撿。有人則特意六點起床趕在他人之前去撿，至於撿來幹嘛，A阿伯說要幫女兒蒐集美勞作業的材料，B大姊說好喜歡聽它們相互敲打的聲音，一回午休時間看見C阿伯戴著老花眼鏡，將果實當陀螺在桌上轉著，煞有其事。這是一波秋季的淘金熱，像小學生蒐集橡皮擦屑一樣，不知所云，但有點可愛。

突發事件

所內偶有突發事件，event。例如冬至或元宵節當天中午餐廳阿姨會煮湯圓，擔心有人當天沒訂餐，她們會整鍋搬到辦公大廳大聲吆喝道：「快下來吃湯圓喔！」又如每年冬季惠玉阿姨必會分享自家種的宜蘭金棗與柑橘；某日賓哥從家裡摘來的無患子果實，跟你說洗頭用一顆、洗澡用兩顆。還有會忽然有人嚷嚷叫大家下樓看翁哥撿到的穿山甲、順哥撿到受傷的白鼻心，或小山羌掉到水溝裡了大夥快來幫忙，以及寒冬時節麝香貓闖入室內取暖等山村瑣事，這類充滿草根性質的小事件。

靦腆的熱情

採訪花東期間，我感受到花東人的熱情是很奔放直接的，他們多半豪爽，也真的很關心初次認識的陌生人；而宜蘭人的熱情似乎較溫和內斂，像蘭嶼的小孩一樣，對於初次乍到的遠來者，心

是熱切好奇的，表現卻是靦腆害羞。與花東對照，一個像山，一個像海。

在福山做樹木調查近二十年的賓哥就是活生生的例子。每回辦公室有新助理來，他常常就只是坐在助理後方，也不打算說話，純粹陪伴，可能助理也感到尷尬了，找些話題或樹木問題來請教賓哥，忘年的友誼才一點一滴逐漸搭繫上。而他的溫情是徐徐的、低調不張的，一回同事的機車壞了，隔日賓哥默默帶新的排氣管上山，告知同事時早已是一切都裝修好的狀態了；還有一年冬天，每個星期一的早晨我總會在辦公桌旁看到一袋盛滿各種蔬菜的紅白塑膠袋，裡頭混著泥土氣息的大白菜、紅蘿蔔，以及風味特殊的角菜，是賓哥田裡種的，要給週間住山上的助理加菜。

離職最後一天的下班時刻，他拍拍我的肩膀說一路順風，我因難掩情緒隨即倒抽一口氣大哭起來，賓哥竟二話不說轉頭直奔他的野狼擋車，揚長而去，留我一人在原地錯愕。事後我才知道那時他也哭了，但因不知如何表達情感，所以跑開了。

靦腆是宜蘭人的性格，但待人的善意與熱切卻是放諸四海普世皆同。

section.08

獻給文組的昆蟲午茶

學生時期，電影社學姊常會討論：「撞到你的是哪一部？」指的是讓你開始對電影產生濃厚興趣的第一部。那時候下了課經常隻身跑到暗黑的社團電影播映室，感受布幕上的光影流瀉，於是法國新浪潮的電影便成為我躍入大學海裡的第一箭，直到現在，楚浮、侯麥、夏布洛，這些法國導演的名字都仍像青蔥時代最明顯炙熱的鄉愁，如電影之河的母親。

生態的世界浩瀚無涯，但大概從高一即將分組之際，我就被難以理解、充滿外星語彙的理化、生物、地球科學給嚇到了；從此對大自然僅能以感性致敬，知性面向始終薄弱貧乏。然而，到山裡工作以後，自然環境提供了許多再次誘發興趣的刺點，當我第一次聽到榕果小蜂的故事時，如此擬人化、張力飽滿的昆蟲人生，我就確切知道牠是第一隻「撞」到我的昆蟲。其後，我發現許多昆蟲的故事都充滿了微妙的機制，可能有點殘忍、詭譎，但帶來的神祕感卻極具衝擊。

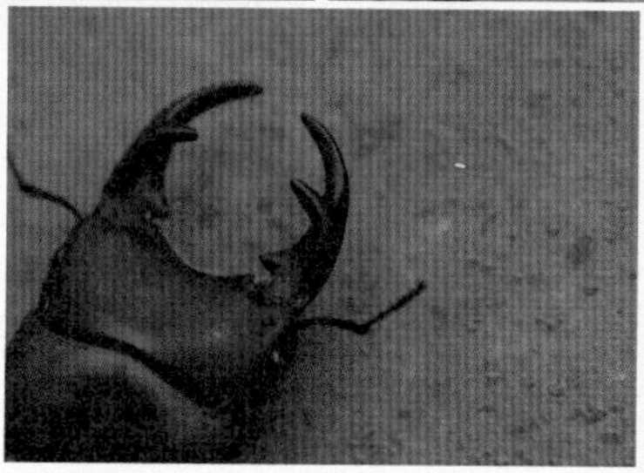
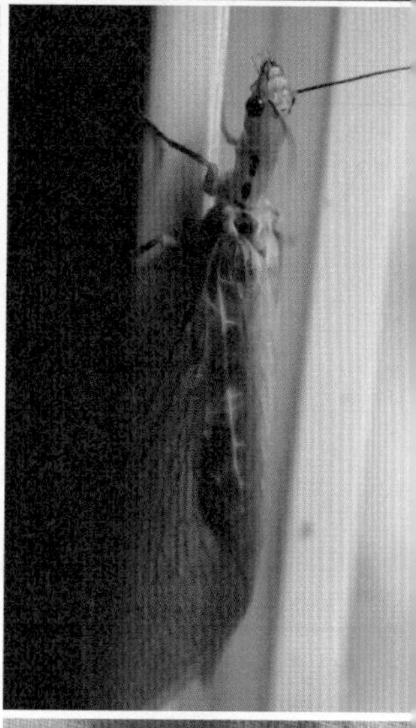

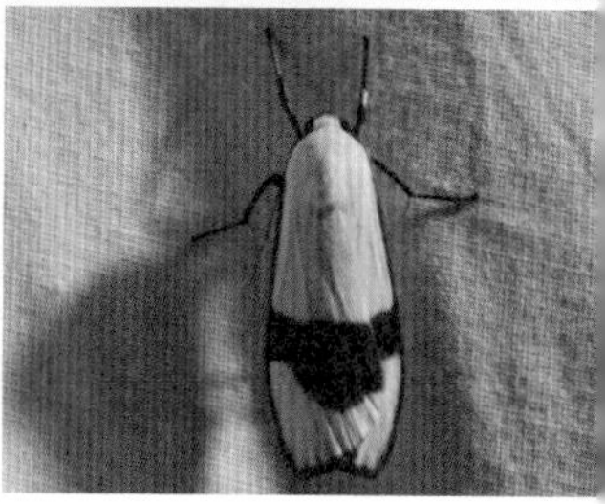

Story1. 榕果小蜂山洞怪譚

我們常見的花是單一朵，比方說玫瑰花；有些植物則聚滿了整片小花，因此就需要花托來裝盛這片迷你花海，像是向日葵；而榕屬植物的花更神秘了，它們的花托整個往內包覆起來，變成把花海藏在裡頭的「隱花果」，例如愛玉、稜果榕。但這麼害羞的花要如何讓昆蟲為它們授粉呢？於是自然界便演化出一種特殊的昆蟲——榕果小蜂，讓每種榕果都有其對應的小蜂，兩者互利共生。

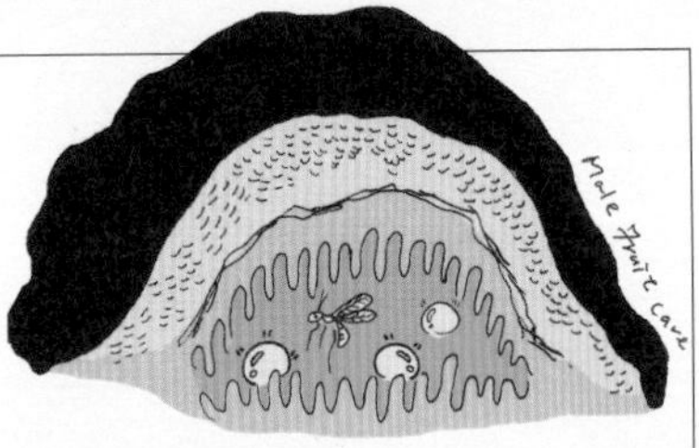

1. 愛玉雄果裂開一條細縫，召喚已受孕的雌蜂進入產卵，產下一粒粒卵於小花中，便形成蟲癭花。而母親因爬不出這條易進難出的隧道，遂於洞口前死去。（蟲癭：有些昆蟲會刺激植物，讓植物異常增生，好讓昆蟲 baby 有完善的庇護。）

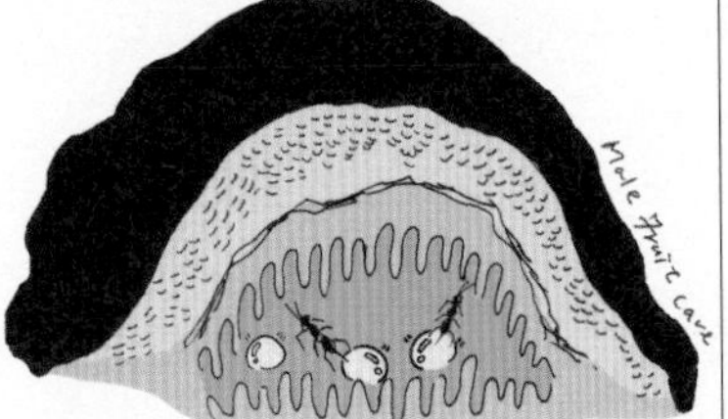

2. 雄蜂率先自蟲癭破卵而出，與仍在蟲癭裡的雌蜂交尾，讓尚未羽化的雌蜂懷孕。

3. 完成了繁衍大事，雄蜂還有項重要任務——需合力挖通一條能出去的隧道，讓羽化後的雌蜂能順利飛出。當他們用盡力氣挖完隧道，也先行死去，而雄蜂因為終其一生都活在漆黑的山洞裡，所以全盲，更不需要用以飛翔的翅膀。

4. 懷孕的雌蜂羽化了，在穿越隧道前，也越過整片花海，帶著腳上沾附的花粉飛到外面的世界。

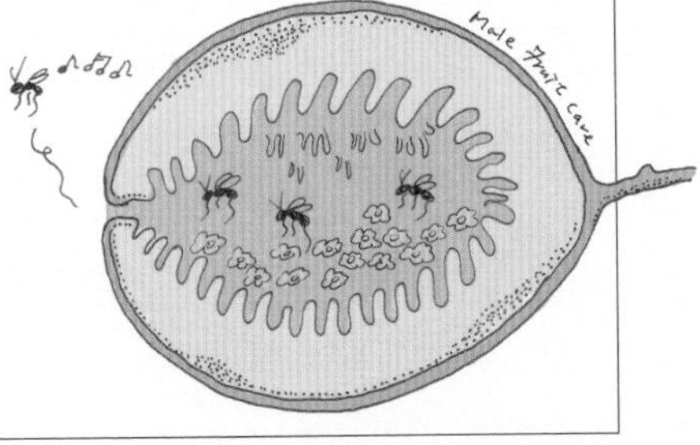

5. 飛入愛玉雄果的雌蜂，便如同她的母親一樣，在洞裡產卵，繁衍後代；飛入雌果的則因雌花的花柱太長阻礙產卵，因而無法待產，但身上攜帶的雄花粉可讓雌花授粉，讓山洞裡的花朵結出豐碩的種子，為愛玉繁衍後代，即我們食用的愛玉。

Story2. 金花蟲疊疊樂

對農夫而言，金花蟲是討人厭的害蟲，總把園子裡的蔬菜與瓜類吃得滿目瘡痍，但用審美的角度，牠們的翅鞘多帶有金屬的光澤、鮮艷多變的顏色，其實挺可愛的；而且，在野外常有三隻金花蟲疊在一起的畫面，這背後其實隱藏了一場情愛爭鬥。

1. 在金花蟲的世界裡，男女比例嚴重歪斜。

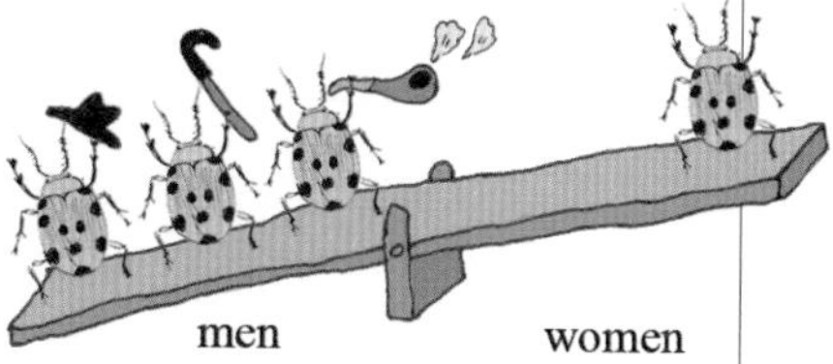

2. 男人要找到太太結婚並不容易，常出現二搶一，甚至多搶一的窘境：A 君與金美女一見鍾情，B 君路過撞見便心生妒嫉，於是趴在 A 君身上試圖阻礙他人好事，讓情敵分心。此時A君會用後腳踢開第三者。

3. 但最後結果常是兩個男人跑到一旁打架去，金美女沒趣地離開……

Story3. 殺手媽咪麻醉師——泥壺蜂 & 砂蜂

夏天在辦公室前的陽台，發現天線上結了一串泥球，好奇地把泥球捏碎，竟發現裡頭藏了好幾條毛毛蟲，同事 H 向我講述法國昆蟲學家法布爾所觀察到的砂蜂，與泥壺蜂的習性很類似，其過程情節簡直是一場大自然的驚悚片。

1. 砂蜂的母親產卵前會先到水源地吸水，再到泥地裡和出一顆顆泥球，準備為她的 baby 修築育嬰巢。

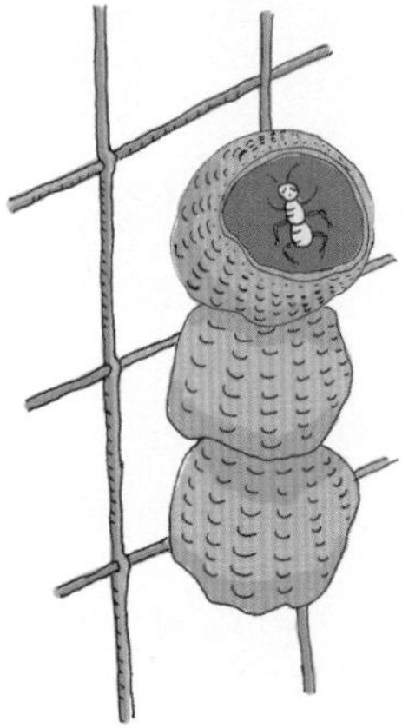

2. 在巢穴尚未封口前，母親先將吉丁蟲拖進洞穴裡，在牠各個關節處施打麻醉劑，使其癱瘓。此時吉丁蟲的意識仍清楚，唯身體僵硬動彈不得。

3. 接著母親產卵後將巢穴密封，才安心離開。

4. 在暗黑的山洞裡，baby 破卵而出，看見母親為他們預留的食物，開始一口一口從最為無關緊要的手腳先吃，最後才享用生命要害——頭部與身體，以確保食物的新鮮。過程裡吉丁蟲眼看著自己的身體一點一滴被吞食，初生的嬰兒則逐漸膨大，蛻變成蟲，最後破殼離開。

Story4. 身不由己的倒楣蛋——殭屍蟻

一樣是同事 H 分享的離奇報導：

1. 在泰國雨林裡，真菌為了抵達潮濕之地進行繁殖，於是沒有長腳也沒翅膀的他們，利用了駝夫螞蟻來運載。

2. 真菌選定了某隻螞蟻，侵入他的體內、蔓延全身，進而控制他的行動。

3. 這隻無辜的殭屍蟻在初期並無異狀，仍與同伴一起活動、吃飯、睡覺。

4. 但漸漸的，他開始偏離團體既定的道路，獨自前往潮濕涼爽的河邊移動。

5. 最後，真菌指示殭屍蟻咬住葉片，作為他們在溪流旁的新住所，之後便殺死已無利用價值的殭屍蟻。

section.09

台灣獼猴之家族物語

我所居住的山上，是一個不見貓狗，卻見山羌及獼猴的地方。台灣少有這樣的所在，山羌在目光所及之處低頭覓食，溫溫怯怯，從前登山穿梭在林子裡，多半只能聽見牠們如破嗓般的吼聲，然後匆匆沒入叢間，獨留一瞥倉促印象；台灣也少有這樣的所在，獼猴不向人討食，僅是不卑不亢專注於自己的覓食大業，動物與人類彼此井水不犯河水。

因著豐富的生態瑰寶，這裡長年有學者來來去去——做哺乳動物的李玲玲、研究獼猴的蘇秀慧、分析颱風對森林擾動的林登秋、調查蕨類的團隊、觀察山羌與飛鼠的研究生，對比從前辛辣活潑的廣告圈、文藝氣息濃厚的出版界，作生態的人有種自然組專屬的理性美，樸實且沉著。後來我的工作內容除了野外調查，也逐步融入自然教育的範疇，主管讓我試著扮演一座橋梁，將蘇老師累積十多年的研究成果轉化為平易近人的文章，於是我在觀察獼猴時增添了新的視野與角度。

家人

獼猴屬於群居動物，每群約有二十～三十隻，無論進食或生活都採群體移動。福山有十來群獼猴家族，蘇老師鎖定其中一群，並從一九九八年研究開始時即已辨識個體，經由牠們臉部的細微特徵逐一取名，例如「SF」代表 short forehead，即短額頭；「LN」代表 long nostril，為長鼻孔；其他還有鳳眼、毛毛嘴、破耳、白點、突吻……等。

一般而言，猴群由一隻猴王搭配許多母猴及小猴組成。有時家族過於龐大，則會增加老二、老三的角色，但牠們都需經由猴王的允許才得以加入群體，成為副手，一同照顧好老婆及孩子們。公猴中位階最高者為猴王，母猴中有外婆、母親、阿姨、姊姊、妹妹，以及未成年的哥哥及弟弟，即小公猴。其中，每任自外界而來的猴王都是經由群內母猴的認可後才能登基為王；而每隻未成年公猴在六歲左右，也必須離開原生家族去尋找能夠認可牠的群體。

獼猴如此相似，縱使能分辨有所不同，但要像認識新同學般每張臉都烙上一個姓名，就如同要認得每隻豬、每隻羊如何不同一般艱難，因此除了耐力外，細膩的觀察力或許是每位研究者最為人欽佩之處。

關於孤獨

在這麼多的成年公猴離群後，是否有相對應數量的母系社會能夠容納？答案是沒有的，因而衍生出許多群外公猴，即「孤猴」，在群體外徘迴，每逢十～二月交配季，這些孤猴便會在猴群附近伺機而動，逮到機會便「偷香」，而妻妾成群的猴王也因無法臨幸每位嬪妃，偶而會失手讓孤猴得逞。且特別的是，公猴在當猴王一段時間後，常會離開群體，此時群體也會再遞補新任猴王，這樣的行為多半發生在猴王的女兒已逐漸成年或更早，是動物為避免近親交配而演化出來的保護機制。

獼猴的社會結構對我而言雖有幾分神秘，卻也令我感到困惑，對比終生安穩處在同一家族中的母猴，上帝似乎對公猴更加殘酷現實，是否為了延續最優良的基因，僅有猴王擁有交配實權，那些成年後就必須離家的公猴，多半成了獨自生活的寂寞者，只因牠們不夠威武雄壯，便被剝奪了組織家庭的權利。

也或許，一夫一妻制是人類文明的產物，確保更少的人孤獨。

地位

除了外來的猴王與副手，這串由龐大母族所組成的大家庭，女性地位的暗中較勁，彷彿是一場深宮宅院的鬥爭劇。蘇老師為每隻母猴命名，並用牠們向對方發出敵意的次數多寡，排出彼此的位階，如此產生了有趣的結論：一是，女兒會繼承母親的位階，例如二姨的地位若高於三姨，那麼二姨女兒的地位也會高於三姨女兒。二來，若母親仍在世，較小的女兒會受到母親的支持，位階高於姊姊。例如大姨仍活著，那麼小女兒的位階會比大女兒高；若大姨已過世，其大女兒的地位則比小女兒高。我們無法得知真正原因，僅能推測，或許仍在世的母親曾有過那點心機城府，擔憂年紀與自己更相近的長女，恐有凌駕過自己氣勢的風險，因而寧願扶正看似較無害的次女。

語言

獼猴不像人類會說話，但牠們會利用臉部表情、聲音與肢體動作來溝通。

牠們的社會互動有兩大類，包括友好與敵意。友好行為除了常見的「理毛」，當獼猴嘴唇快速開閉所代表的「唇動」，有減緩個體間緊張氣氛的作用；另外，當獼猴彼此「跨騎」並非一定代表交配，有時是為了展現威望，偶而則發生在成年公猴離開群體數日後再回來，其他獼猴為表示歡迎也會對歸來者跨騎。

敵意行為包括瞪視、突進、追逐，或抓、打、咬等攻擊方式，若受到驚擾也會以四肢用力搖晃樹枝，藉此嚇敵。此時受到敵意的一方會回以敵意或產生臣服行為，臣服者常會高舉尾巴並將臀部朝向對方，代表「邀寵」；偶而則會展現一副嘻皮笑臉的「露齒」來表示臣服。此外，「替位」也是研究者觀察獼猴位序的重要依據，此代表一個體接近另一個體，被接近的個體被替位而離開原來的位置，接近的個體則占用這空出來的位置，其中被替位的獼猴則是位階較低的個體。

聲音也是獼猴表達情緒的方式之一。當猴子發出「哼～哼～」，代表牠在尋找同伴，或小猴正在尋找母親；攻擊對方時會發出低吼聲；受到壓迫時則發出類似金屬音的尖銳叫聲；而若猴群此起彼落發出「喀～喀～」的叫聲，此時你得小心了，這代表獼猴覺得其他生物太過靠近而有所威脅，彼此在互相警戒。

《獼猴與我》的作者徐仁修，曾花了兩年時間在恆春半島的熱帶季風林與猴為伍，他在林間紮營，保持一定距離觀察、攝影，一回他無意間近距離遇到猴王，於是心血來潮採用了獼猴之間為了表示臣服的「露齒」一招，想不到竟然奏效，猴王收起了敵意，接受了他的存在。

食性

夏天／草穗．葷食　夏季清晨，福山行政中心前成排的樹木開始劇烈晃動，一隻隻獼猴從樹上跳到一旁草地準備大啖早餐，牠們將假儉草及兩耳草含在嘴中，橫向迅速一拉，讓莖枝上的草穗暫存頰囊，好儲備一天的能量！這個季節牠們也有較多機會來點葷食野味，像是螽斯、毛毛蟲、蛾類、小鷺鷥的蛋……等，偶而抓到攀木蜥蜴，還會握住蜥蜴的尾巴像冰棒那樣吃。

秋天／果實　時序來到結實纍纍的初秋，猴群最愛吃殼斗科、山紅柿、香葉樹與台灣雅楠的果實，由於野生動物外出覓食實際上都含有風險，且需與其他個體競爭，因而獼猴習慣將一粒粒果實預藏頰囊中，直到兩頰都塞得鼓鼓的，才心滿意足回到森林裡慢慢享用。牠們會將成熟果實帶離原始母樹，細小的種子隨著果肉下肚，再經過消化道排出來；較大吞不下的種子則直接吐出來，兩者同樣都增加了種子發育成小苗的機率，此行為也造就獼猴在森林種子傳播上的重要地位。

春季／花朵・嫩葉　果實季一直持續到年底，隨著初春到來樹木開始抽芽，並進入花季，獼猴便以新鮮葉片與花朵為食，經常吃到整個嘴巴四周都紅通通或澄黃一片。

綜觀看來，隨著環境中不同食物在各季節的供應量有所差異，獼猴的食性也有季節性變化。且根據蘇老師的觀察，獼猴也會吃泥土，推測可能因土壤中含有調整腸胃功能的鎂，可用來幫助獼猴「解毒」或「促進消化」；另外，也可能與獼猴在進食前若吃土可增加食物口感有關。

section.10

野生動物奇談集

美猴

入秋以後天黑得特別快，約莫傍晚五點多天色就灰濛濛了，而下班到天黑的縫隙又經常陰雨綿綿，但無論如何也要穿起雨鞋撐把傘，盡可能出去散步。小木屋前有條長廊，猴子常在雨天來這躲雨，我遇到了一隻不怕人的母猴，得以很近地觀察她，她坐在木欄杆上慢慢品嚐兩側夾囊裡的果實，原先背對我，當我逐漸靠近時她開始稍具戒心，挪動屁股一百八十度轉向正面，長得極美的一隻母猴，雨地裡泰然自若，嚼檳榔一樣的美猴。我想起蘇秀慧曾將園區其中一隻母猴命名為美傑（採用代號ＭＪ），原因是，她長得特別美。

孤猴

週一上山我遇見他，我認得他，他是那隻孤猴，右眼到鼻間有一條如隧道般漆黑的深洞，那是被猴王狠狠修理過的烙印。猴群在那，他獨自在這，他特別不怕人，他曾是六歲起便遠遠離家的小公猴，曾有母族哺餵有兄姊陪伴的那隻小公猴。

貓頭鷹

傍晚從宿舍步行到辦公室，路旁有片櫻花林，往昔我習慣拿手電筒照向樹下草坪，運氣好的話會看到大小山羌在吃草。而今晚我一個第六感照向櫻花樹枝，竟發現離我一公尺處一隻眼睛圓滾滾的小貓頭鷹正對著我，牠就這樣隱沒在黑暗的樹枝上看著夜間的人走過，後來我再向前一步牠便飛走了。查了資料知道牠是鵂鶹，為體型最小的貓頭鷹，也是我在福山淵源最深的貓頭鷹，五月上山收種子時我常能聽到牠「嘟，嘟嘟，嘟」的背景音，是少數白天也會出來活動的貓頭鷹，通常看到這類猛禽的機會不多，需要極好的動物緣。

飛鼠

傍晚我總會在宿舍前看見她，那位做飛鼠的研究生。每當天色暗起之際，便是她外出工作的起始，直到隔日清晨破曉。為了觀察飛鼠，她也成為一個白日補眠、夜晚跟蹤動物的夜行人。一回她替我們上課，摘錄了研究小結：大赤鼯鼠分布的海拔較低，白面鼯鼠較高；飛鼠春夏愛吃青楓葉子，秋天愛吃黃杞果實；牠們還熱中搬家，一隻飛鼠有二～七個家，樹洞的家、山蘇的家、崖薑蕨的巢，每隔兩、三週就搬一次。夜行的研究生還在個體標放的過程中，發現公飛鼠的背部經常禿禿的，原來母飛鼠為了讓小飛鼠睡得舒適，竟會拔取公飛鼠的背上毛來築巢！又是一則昆蟲與動物界的小男人案例。

穿山甲

在山區，路旁常能見到穿山甲洞穴，附帶一旁泥黃色的小山。穿山甲很愛挖洞，為了覓食或僅作巢穴用，一回我將登山杖伸長兩公尺，探入洞裡仍深不見底。某日傍晚同事撿到一隻被車撞到的穿山甲，我們得以近距離觀察牠：長長的舌頭為了每分鐘來回舔樹上的螞蟻窩、地上的白蟻窩近八十次；堅硬的鱗片為了阻擋蟻軍的侵襲；特化成劍形的爪子則方便掘土；還有，牠們行動遲緩且個性害羞，緊張的時候就會捲成球狀，植物園區的志工就曾看過穿山甲為了爬樹不慎跌倒，像顆球一樣咕嚕咕嚕滾下來。

台灣葉鼻蝠

在北橫那些深不見底的山穴中，春天母蝙蝠生了小蝙蝠，為了把食物充足的棲息地留給母子，近三百隻公蝙蝠連夜飛來福山的涼亭展開避暑假期，一直到十月天氣轉涼時，愛妻兒俱樂部才集體歸巢。此種葉鼻蝠的母蝠在陰道兩側還有一對假乳頭，當牠倒掛著，小蝙蝠則是正著看世界，咬著假乳頭攀附母親，讓母親清理牠的肛門，等要喝奶時才往下爬到真正的乳頭吸吮。

至於蝙蝠為何要倒掛著，一回前來講課的老師說道，這間教室如果擠進兩百人，此時若有人能站到天花板去，就解決了空間問題，因此解決生存空間是其一；躲避地上的蛇類天敵是其二；其三是倒掛著，只要腳一放開，便是飛翔了。

遠古越來越多的食物長了翅膀，飛離地面，於是哺乳類伸開牠的手指，長出薄薄的膜翅，也遠離地面往三度空間裡覓食，便成為蝙蝠，演化裡最神秘的物種。

 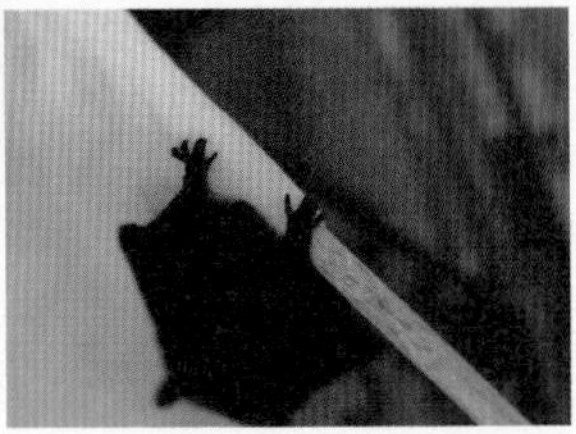

東亞家蝠

六月起偶有學飛失敗的小蝙蝠掉落到馬路上，同事將熟蛋黃與保久乳一同攪和，用吸管餵到蝙蝠的小嘴裡，等牠們再大點，食物就換成釣具店賣的麵包蟲。蝙蝠 baby 的小腳緊緊抓住竹筷，背影像極了小蝙蝠俠。

長鬃山羊

散步時遇到長鬃山羊，不合比例過長的腿、突兀的身形，像穿著布偶道具衣的人在路上爬行、像草泥馬，一切都非常詭異。

藍腹鷴

五月起霧的日子，樣區路上遇見藍腹鷴。寶石藍、胭脂紅、無瑕的白，為野地不明就裡的高貴色。

綠繡眼

夏季的某日外出夜觀，頭一次看到小鳥站在葉片上睡覺。樹蕨的葉片輕柔，隨晚風微浮微沉，兩隻綠繡眼頭埋頭，小小的眼睛緊閉沒給風喚醒。

黃脊鴒

騎車下山，於山間公路迂迴時，總有一種鳥兒在你前方平行飛翔，波浪地飛，他們說叫「帶路鳥」。

蝌蚪

養蝌蚪觀察：

變身階段如「半蝌蚪半青蛙」的半獸人。

肚子收納著一團摺疊得好好的屎。

變成青蛙的過程，蝌蚪用自身分泌的消化酶，

殺了自己的尾巴。

section.11

元宵節小感

兔年燈會

來宜蘭工作的第一個元宵節，下山到員山看燈會，掛滿紅燈籠的長梯通往天邊的忠烈祠，鳥居楚楚，石階崁崁，小橋越過小水，掛滿本地小學生的燈籠作品——絲瓜刷、洗臉鐵盆是素材，海綿寶寶與兔子當主題，夜市的頭號商品是花生捲冰淇淋與炸春捲，所有員山人都在同一天來到這座中大型的公園。我忽然認知到我們根本不需要大型、超大型的國際化燈會，那些真的太大了，大到人們根本接近不了，而能夠從家裡步行去吃路邊攤、看到鄰居小孩的燈籠作品，以及聽到當地國中生爬上忠烈祠說：「好幾年沒來這裡看夜景了！」才是真正甜在心的滿足。

我們爬上忠烈祠等待九點施放的煙火表演，時刻快接近前一群國中生在老樹高聳的天台上放天燈，沒一會天燈將樹梢燒紅起來，我一時幻想森林大火，眾人爭先搔後推擠，並且有人滾下陡峭的長梯，燈會屍橫遍野。不過因為宜蘭很潮濕的緣故，火很快就熄了，結果並沒有人死掉，但陰錯陽差走下階梯時剛好看到遲放的煙火秀，跟宜蘭鄉親一起看煙火很感動，站我後方的阿伯彷彿正為此秀配音：「弟弟嘸來加某菜ㄟ」「這平民百姓開未起啦」「這嘎哪係新ㄟ炮啊」，我真的覺得他們十分可愛。

剛剛好的地方

生活在都市，好像許多事情都需要靠爭取而來，跨年煙火要卡位、百貨公司週年慶要排隊、市區餐廳要訂位、風景區的車位要睜大眼尋找，或許我已習於城市的悉心盤算與耳聰目明，才會將一場能夠輕鬆赴宴的在地煙火秀視為幸運。

而宜蘭的「剛剛好」不僅止容易親近的活動，許多小餐館也是恰巧人不多也不少、不花俏也不簡陋。當地有許多百元以下的素食 buffet 館，我們可以輕鬆地去吃，老闆娘總會以獨特的音調喊著：「上菜囉！」其價格雖平實，每道菜卻都吃得出備料的用心，毫不馬虎，客人在這裡慢慢地吃、慢慢地夾菜，品嚐蔬菜的原味，耗費口袋裡的錢不多。但我並不是要推薦這家餐廳有多好，而是它所象徵的適切氣氛，能夠具體而微呈現宜蘭帶給我的感覺——理所當然的家常與不卑不亢。

section.12

宜蘭果菜鋪

福山的山腳下有塊平坦之地——內員山，大路兩旁翠綠的稻田綿延至遠方大山下，早春起霧時山巒的形態特別美。這一帶住了許多宜蘭同事，經由他們的推薦，這兒的果菜鋪成為我每週上山前的補給站。我常向其他助理介紹這家鋪子，但他們已習慣到喜互惠或新月廣場的家樂福採買，即便如此我仍相當死忠這間沒有招牌的小家樂福，除了因為它什麼都有什麼都賣之外，在這裡買菜的過程才能讓我與在地產生關聯。

機車引擎剛熄火，人都還沒下車，老闆娘就已大喊：「姊妹～你來啦！」十多年前她嫁來宜蘭，成為內員山寬廣平原山腳下的果菜鋪媳婦，因為老家也在台北，所以她叫我姊妹，約莫第五次買菜時開始攀談：「你在福山植物園工作對吧！」第七次買菜時開始大方送，買一百二十元又順帶塞了一盒餛飩（頭一次聽說買菜送肉），或哪次結帳時叫我把舊絲瓜換成前面那箱新進的，比較新鮮，我將新絲瓜拿回來時發現她在我的購物袋裡又塞了兩顆蘋果、一顆水梨，說是早上拜拜的，給你帶去山上吃吧；又是哪回塞了一把地瓜葉，說是自家種的不用成本。（但明明自己種的最辛苦呀！）

因為週週報到的緣故，鋪子裡進了什麼菜，也像是宜蘭蔬果農民曆的縮影，五月起有了金瓜，拿來炒米粉，連著綠色花皮的是實料、溶化的金色纖維是染料，色香味一應俱全；七月是他們朋友在梨山種的蜜蘋果；九月老闆娘的婆婆一早從田裡採收的茭白筍，滋味清甜，用同樣是秋季盛產的百香果來醃漬也很爽口；冬季她推薦我買鳳宮菜，說是這裡的本地菜，吃起來滑滑的對胃很好唷。

每個週一清晨從山腳下的菜鋪離開後便是一路迂迴上山，袋子裡的柳丁、蘋果隨著山路轉彎時在腳踏板上滑動著；雨季濕冷，冷風颼颼，漫長的山路不是好騎的，但常有一股滿而溫暖的心意伴著，每一回都覺得十分感人。

離職前我買了禮盒去菜鋪，恰巧老闆娘不在，我將東西交給當天負責顧店的她婆婆，婆婆很緊張，很想婉拒我的心意，對話的同時手也沒閒著，神色慌張地抓了塑膠袋塞了好幾粒柑橘入袋，邊說：「是你給我們交關，應該是我們要感謝你才對，哪嘸人客送禮的。」

如此熱忱待人，卻愧於收禮，慷慨又謙遜的鄉野性情。連同山上豐美的自然生態、樸實善良的同事們，大抵是我在福山能始終感到富足的原因吧。

section.13

自由與回家

路上的人，山上的人，
勞心的人，勞力的人，
何處是天使熱愛的生活。

漂泊動盪的生活久了，便想感受安穩平實的日子；耗費心思榨乾腦力的工作久了，便想活動筋骨，從事規律勞動的差事。那是生活的兩樣，我們或許都需要，都得在其中找到平衡。

在山上待了兩年，我知道我不能一直在這裡，不能當助理一輩子，我必須與理想做一次正面對決。於是我離開那座使我心靈富足的山，著手把十八到近乎三十歲的種種譜成紙上人生，將那些曾經在我腦中百轉千迴，關於青春的同伴、生活與工作的抉擇與咀嚼、如輕風

如春雨沐浴過我的每個人，以筆耕總結，彷彿把十年寫下來，就能無所畏懼看向明天了。

離開山上，返回家鄉生活，或許重新獲得了家的溫暖，但住在山上屬於一個人的自由，勢必要吐回去，還之於森林。而關於自由，似乎是我從求學時代就不斷思考的課題，那時是外宿，是深夜不睡，是長天數的山，是海島上的一個月，是種種淺白浮漾的自由。但畢業後數年，自由潛入了責任與付出、獲得與給予，毫無節制的自由便是放浪形骸，是不誠實的謊者，我意識到因為有人等待，週間的山上生活才能夠有意義，若週末沒有人等你，那麼再如何浩瀚的自由也只是空虛飄然。

吳念真曾說：「心之所在，就是故鄉。」我想，台北再有我無法習慣的地方，但重要的人都在那，也足以構成遲早要回去的理由。

所以，回家，再出發。

福山山腰　雙連埤

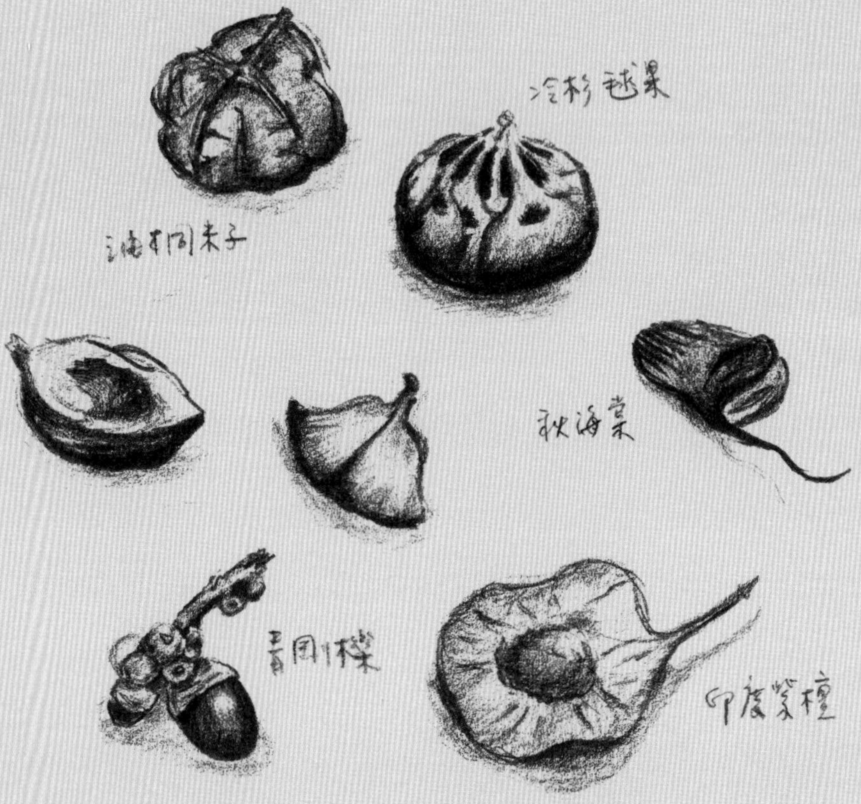
冷杉毬果
油桐朱子
秋海棠
青剛櫟
印度紫檀

The Eeurasian Publishing Group
圓神出版事業機構
用心與你對話・網野無限寬廣
圓神出版社
Eeurasian Press

http://www.booklife.com.tw inquiries@mail.eurasian.com.tw

圓神文叢 138

台灣小野放——出走不必遠行，在山・田・洋・森找自己

作　　者／李盈瑩
發 行 人／簡志忠
出 版 者／圓神出版社有限公司
地　　址／台北市南京東路四段50號6樓之1
電　　話／（02）2579-6600・2579-8800・2570-3939
傳　　真／（02）2579-0338・2577-3220・2570-3636
郵撥帳號／18598712　圓神出版社有限公司
總 編 輯／陳秋月
主　　編／林慈敏
責任編輯／沈蕙婷
美術編輯／劉嘉慧
行銷企畫／吳幸芳・涂姿宇
印務統籌／林永潔
監　　印／高榮祥
校　　對／林平惠・沈蕙婷
排　　版／杜易蓉
經 銷 商／叩應股份有限公司
法律顧問／圓神出版事業機構法律顧問　蕭雄淋律師
印　　刷／國碩印前科技股份有限公司
2013年5月　初版

Thanks
感謝不同時期的朋友：李明軒、許文彥、黃仕儒、王雅儀、黃瀚嶠、黃瀞萱、張于飛、王如菡、李孟諭等，在我出書之際義不容辭提供了最美好的相片光影；感謝躍躍欲試搶著當首批讀者的家人；以及在創作路上始終予我鼓勵與建議的淨瑋與綱鈞，衷心感謝你們。

定價 310 元　　ISBN 978-986-133-452-3

每一本書，都是有靈魂的。
這個靈魂，不但是作者的靈魂，
也是曾經讀過這本書，與它一起生活、一起夢想的人留下來的靈魂。
——《風之影》

國家圖書館出版品預行編目資料

台灣小野放：出走不必遠行，在山．田．洋．森找自己／李盈瑩 圖.文. -- 初版. -- 臺北市：圓神, 2013.05
224面；14.8×20.8公分. --（圓神文叢；138）

ISBN 978-986-133-452-3（平裝）

855　　102005319